gli elefanti

Heinrich Böll

E non disse nemmeno una parola

Traduzione di Italo Alighiero Chiusano
Presentazione di Bruna Bianchi

Garzanti

Prima edizione: giugno 1988

Traduzione dal tedesco
di Italo Alighiero Chiusano

Titolo originale dell'opera:
«Und sagte kein einziges wort»

ISBN 88-11-66674-0

Edizione su licenza temporanea
della Arnoldo Mondadori Editore s.p.a.
Printed in Italy

Presentazione

Membro eminente del Gruppo 47, che nel 1951 gli aveva conferito il proprio premio letterario per il racconto Le pecore nere, *Heinrich Böll, quando nel 1953 pubblicò il romanzo* E non disse nemmeno una parola, *non era tuttavia lo scrittore di fama planetaria che sarebbe diventato in seguito: anche il Premio Nobel (1972) era ancora lontano. Già con questo romanzo egli ottenne in patria un successo rilevante; ma solo negli anni Sessanta i suoi romanzi e racconti, sull'onda del possente sviluppo che ebbe in quel decennio la letteratura tedesco-federale politicamente impegnata (basti citare nomi come quelli di Günter Grass, Martin Walser, Uwe Johnson, Peter Weiss, H.M. Enzensberger), raggiunsero quella risonanza mondiale che non avrebbe più abbandonato l'opera del grande narratore di Colonia. Ricordiamo solo alcuni titoli fondamentali e ben noti anche in Italia quali* Opinioni di un clown, Foto di gruppo con signora, L'onore perduto di Katharina Blum. *Ed è proprio sui lavori degli anni Sessanta e Settanta che si è più concentrato, oltre al favore del pubblico, anche l'interesse della critica, soprattutto in virtù dei seguenti tre fattori: l'amabile umorismo, la sferzante provocazione satirica contro la nuova «società opulenta» della ricostruita Repubblica Federale Tedesca — la società del miracolo economico, del comodo oblio di un passato infamante, del consenso manipolato dai massmedia —, infine il fascino di protagonisti a dir poco adorabili, gli «emarginati per scelta» — come Hans Schnier, Leni, Katharina — che con-*

trappongono all'ambiente corrotto la purezza di un'intatta umanità.

Questi tre fattori non si riscontrano se non in embrione negli scritti degli anni Cinquanta e in particolare in E non disse nemmeno una parola; eppure vale ancora la pena di ascoltare la voce sommessa di questo testo meno umoristico e più malinconico, meno aggressivo e più tragico, meno utopico e più desolato.

E non disse nemmeno una parola appartiene a quella prima fase della produzione bölliana che, con una formula coniata dallo stesso scrittore, si potrebbe definire la fase della «letteratura delle macerie». Qualche anno dopo, guardandosi alle spalle, Böll così riassumerà la tematica che l'immediato dopoguerra aveva imposto agli scrittori tedeschi della sua generazione: «Scrivevamo dunque di guerra, del ritorno dei reduci e di quello che avevamo visto in guerra e trovammo al ritorno: macerie». Macerie non soltanto fisiche — dalle case crollate ai soldati mutilati come il protagonista del famoso racconto, dal titolo anch'esso volutamente mutilato, Viandante, se giungi a Spa... —, macerie anche e soprattutto morali. Così anche i protagonisti di E non disse nemmeno una parola sono interiormente feriti dai lutti della guerra e dai disagi del dopoguerra, che li rendono invincibilmente depressi o carichi di amaro rancore per quelle istituzioni che, a partire dalla loro stessa Chiesa, ignorano le loro sofferenze.

Ma E non disse nemmeno una parola è un «romanzo delle macerie» in primo luogo in senso letterale: infatti sono proprio le macerie, ovvero la conseguente penuria di abitazioni, la causa materiale della crisi coniugale che vi è narrata. Costretta per la sua povertà alla coabitazione presso una famiglia benestante, la coppia protagonista, che da ben otto anni abita con tre figli in una sola stanza, ha finito col disgregarsi: da due mesi il marito, Fred, ha abbandonato moglie e figli non sopportando più il disagio della mancanza di una vera casa. Egli preferisce vivere da vagabondo o tutt'al più farsi accogliere da un amico che è custode di una casa *di ricchi, sempre vuota, in cui esiste perfino una «stanza per il cane»; e saltuariamente si incontra con la moglie Käte in infime stanze d'albergo o addirittura all'aperto.*

Il romanzo, tutto giocato nell'esiguo arco temporale di un sabato-domenica-lunedì mattina, riferisce appunto di uno di questi incontri, forse l'ultimo: o perché, come vorrebbe Käte, diffidente nei confronti del marito che si arroga la «libertà di sognare» sfuggendo all'inferno della convivenza, avrà luogo una definitiva separazione, o perché al contrario, come sembra decidere Fred nell'ultima scena, il marito tornerà infine a casa riassumendosi l'onere di una dolorosa responsabilità. La breve vicenda, tutta «privata» e prevalentemente interiore, in cui gli eventi esteriori si riducono ad atti di concreta quotidianità come le pulizie di casa o una collocazione del mattino in un chiosco, è narrata alternativamente dalle due «voci narranti» di Fred e di Käte: come se Böll volesse affermare, mediante la struttura narrativa adottata, la fatale incomunicabilità tra due punti di vista resi inconciliabili non solo dalla situazione contingente, ma dalla stessa differenza sessuale. È infatti questa differenza a rendere l'uomo libero di vagabondare, legando invece la donna, in quanto madre, alla casa — sia pure essa ridotta a una miserabile stanza.

Il fatto che nell'ultima scena, in cui Fred ammira la moglie per strada senza ravvisarla, egli ammetta di non averla mai conosciuta, parrebbe avallare l'ipotesi d'incomunicabilità suggerita dalla narrazione a due voci; e anche il titolo del romanzo sembrerebbe alludere a un mutismo definitivo e quindi a una definitiva incapacità di relazione. Ma il silenzio del titolo è desunto da uno spiritual che Käte sente a un certo punto cantare: è Cristo che, mentre viene crocifisso, non dice parola. Il silenzio significato dal titolo non è dunque tanto una mancanza di rapporto tra due esseri, quanto il più profondo, irriducibile silenzio della creatura sofferente: la solitudine del dolore e della sua paziente sopportazione (come quando Käte, riferendosi alla loro vita di affanni, dice consolatoria: «Non deve mica durare a lungo, Fred, ancora trenta, quarant'anni, e fino ad allora dobbiamo resistere»). E in realtà, malgrado la distinzione tra le due voci, molteplici sono le affinità che man mano il loro dire manifesta: il reciproco amore, l'amore per i figli, la comune fede religiosa, il gusto di alcuni semplici piaceri (andare alla fiera, far colazione insieme), l'immediato riconoscimento da parte di entrambi della santità mescolata al quotidiano (la figura angelica della ragazza che serve nel chiosco).

Ma soprattutto unisce i due coniugi il comune rifiuto del principio dell'efficienza sociale. Fred ammette di essere un uomo qualsiasi, e Käte sa che solo il proprio amore per lui gli dà valore; ma entrambi sono orgogliosi della sua incapacità di affermarsi nella vita. Così Käte fieramente afferma: «Gli uomini in gamba li ho sempre odiati, non riesco a immaginarmi niente di più noioso di un uomo in gamba, la puzza di bravura e di iniziativa gli si sente dall'alito» e si duole nel vedere i suoi figli che vanno a scuola pieni di zelo, già pronti a integrarsi nel sistema. Se Käte chiede a Fred un minimo di stabilità, è solo in nome dei figli nati dal loro matrimonio; e d'altra parte entrambi, dopo la notte trascorsa castamente insieme, pensano o dicono: «Pensai alla promessa di un'altra vita, che dev'essere senza nozze: dovrebbe essere bella una vita in cui non ci si sposa... sentivo il ritmo di canti liturgici, mi vidi in compagnia di uomini con cui non ero sposata e dei quali sapevo che non desideravano approdarmi in grembo»; «Sarebbe bello rivederti in una vita in cui potessi amarti, amarti come ti amo adesso, senza che ci dovessimo sposare... È tremendo volersi bene e sposarsi».

Il rifiuto dell'efficienza e dell'integrazione sociale è forse l'aspetto principale tra quelli che anticipano in questo romanzo l'opera successiva di Böll. Di umorismo qui non si può certo parlare; l'aspetto satirico è invece presente, ma confinato nella scena della pro-

cessione a cui Fred assiste, cogliendone con amarezza l'esteriorità e intuendo la pericolosa prossimità della religione spettacolarizzata alla generale mercificazione, di cui, malgrado le onnipresenti macerie, sono già visibili i sintomi. Più profonda è la denuncia sociale, né umoristica né satirica, ma piuttosto «implicita», che traspare dalla desolata situazione abitativa di Käte e Fred: non solo la società è divisa in ricchi e poveri, ma i ricchi sono privi di carità. Tuttavia — ribadiamo — la povertà dei due coniugi, certamente sofferta, è anche in qualche misura rivendicata: essi provano orrore per i ben sistemati, per gli integrati; e in questo senso sono affini ai futuri protagonisti della seconda fase bölliana, gli «emarginati per scelta» che non partecipano alla corsa al successo per salvaguardare la propria umanità.

Fred e Käte però non hanno questa scelta: anche se accettano la propria emarginazione e si identificano con essa, resta il fatto che questa è oggettiva, dovuta sia all'ingiustizia sociale, sia alla loro intrinseca incapacità di esprimere in qualsiasi modo l'energia necessaria a un'ascesa. Il loro rifiuto non è combattivo, aggressivo, vitalistico come quello di Schnier o di Leni, ma è l'effetto della profonda ferita che la guerra e il rapporto con la morte hanno lasciato in loro. Pertanto essi sono davvero — e non per scelta — «rifiuti della società»: ossia quel tipo di persone che negli anni Sessanta, mentre verrà teorizzato da Marcuse come unico possibile soggetto rivoluzionario nelle società «unidimensionali» dell'Occidente, sarà dichiarato dallo stesso Böll — nella sua Estetica dell'umano, *ciclo di lezioni di poetica tenuto all'università di Francoforte nel '64 — unico possibile oggetto della letteratura. «Il compito di un autore... è scrivere e rappresentare ciò che da parte ufficiale non viene rappresentato»; «La letteratura può scegliere come proprio oggetto solo ciò che la società scarta e considera un proprio rifiuto», e ancora: «Si tratta di raffigurare nella sua sublimità ciò che la società tratta come un rifiuto»... Affermazioni che culminano nel dram-*

matico aforisma «sublime è l'asociale». Si può forse affermare che E non disse nemmeno una parola *rappresenti nell'opera di Böll non tanto un'anticipazione, quanto la più convincente assunzione della «emarginazione sublime» a centro irriducibile della visione poetica dello scrittore.*

Bruna Bianchi

E non disse nemmeno una parola

I

Dopo l'ufficio andai alla cassa a ritirare lo stipendio. Lo sportello era molto affollato, e dovetti aspettare mezz'ora. Porsi il mio assegno e vidi il cassiere che lo passava alla ragazza con la camicetta gialla. La ragazza andò a cercare nella pila degli incartamenti, ne estrasse il mio conto, restituì l'assegno al cassiere, disse «va bene», e le mani pulite del cassiere contarono le banconote sulla lastra di marmo. Io le ricontai, mi spinsi fuori della fila e andai al tavolino accanto alla porta, per mettere il danaro in una busta e scrivere un biglietto a mia moglie. Sul tavolo erano sparpagliati moduli di pagamento rossastri, ne presi uno e scrissi a matita sul retro: «Domani debbo vederti, ti telefonerò prima delle due». Infilai il biglietto nella busta, vi cacciai dentro le banconote, leccai la striscia gommata lungo il lembo pieghevole, esitai, tirai ancora fuori il danaro e tolsi dal mazzo un biglietto da dieci marchi, che m'infilai nella tasca del cappotto. Tirai fuori di nuovo anche il biglietto e vi aggiunsi: «Mi sono preso 10 marchi. Domani te li restituisco. Un bacio ai bambini. Fred».

Ma ormai la colla non attaccava più, e andai allo sportello vuoto dov'era scritto «Versamenti». La ragazza dietro il vetro si alzò, sollevò lo sportello. Era scura di pelle e magra, e indossava un pullover rosa che si era chiuso al collo con una rosa finta. Le dissi: «Per favore, datemi un pezzo di carta gommata». Mi guardò un attimo esitante, ne strappò poi un pezzo da un rotolo marrone, me lo porse senza dire una parola e riabbassò lo sportello. Dissi: «Grazie» alla lastra di vetro, tornai al tavolo, sigillai la busta, mi misi il berretto e uscii dalla cassa.

Fuori pioveva, e nel viale alcune foglie isolate cadevano ondeggiando sull'asfalto. Mi fermai al portone d'ingresso, aspettai finché all'angolo della strada vidi spuntare il 12, vi saltai sopra e andai fino al Tuckhoffplatz. Il tram era pieno di gente, e i loro abiti esalavano odor di bagnato. La pioggia era aumentata ancora, quando al Tuckhoffplatz saltai giù senza aver pagato. Andai a ripararmi di corsa sotto il tendone di un chiosco che fungeva da «tavola calda», mi feci strada fino al banco, ordinai una salsiccia arrostita e una tazza di brodo, mi feci dare dieci sigarette e cambiai il biglietto da dieci marchi. Mentre addentavo la salsiccia, guardai nello specchio che occupava tutta la parete di fondo del chiosco. A tutta prima non mi riconobbi: vidi quel volto magro e livido sotto il basco sbiadito e a un tratto scoprii di assomigliare a quei venditori ambulanti che mia madre non mandava mai via quando venivano a suonare alla sua porta. La funerea desolazione dei loro volti appariva alla luce crepuscolare della nostra anticamera quando, da ragazzino, andavo qualche volta ad aprire la porta. Quando poi veniva mia madre, che avevo chiamata timorosamente, sorvegliando con gli occhi il nostro attaccapanni, appena mia madre giungeva dalla cucina, asciugandosi le mani nel grembiule, una luce strana e inquietante si spandeva sui visi di quegli esseri sconsolati, che offrivano in vendita sapone in polvere o cera per pavimenti, lamette da barba o stringhe da scarpe. L'espressione di felicità che il solo apparire di mia madre accendeva in quelle livide facce aveva qualcosa di terrificante. Mia madre era una donna di cuore. Non riusciva a scacciare nessuno dalla sua porta; ai mendicanti dava un po' di pane, se ne avevamo, danaro, se ne avevamo, offriva loro almeno una tazza di caffè, e se in casa non c'era proprio più niente dava loro un po' d'acqua fresca e il conforto dei suoi occhi. Tutt'intorno al nostro campanello s'erano moltiplicate le tacche dei mendicanti, i segni dei vagabondi, e chi veniva a offrirci la sua merce aveva buone probabilità di rifilarci qualcosa, per poco che in casa ci fosse anche una sola moneta bastante a pagare un paio di legacci. Anche coi rappresentanti mia madre ignorava ogni prudenza, nemmeno ai volti di questi irrequieti esponenti del mondo d'oggi essa sapeva resistere, e firmava contratti di compera, polizze d'assicurazione, note di ordinazione, e ricordo che quando da bambino, la sera, ero già a letto, sentivo mio padre che tornava a casa, ed era appena entrato in sala da pranzo, che già scoppiava la lite, una lite spettrale in cui mia madre non diceva quasi una parola. Era una donna silenziosa. Uno degli uomini che si presentavano al nostro uscio portava un berretto basco sbiadito, come quello che porto io adesso, si chiamava Disch, era un prete spretato, come venni a sapere più tardi, e vendeva sapone in polvere.

Ora, mentre mangiavo la salsiccia, il cui calore scottava dolorosamente le mie gengive indolenzite, mi accorsi, guardandomi in quello specchio piatto là in fondo, che cominciavo ad assomigliare a quel tal Disch: il berretto, la faccia livida e scarna, e l'espressione sconsolata dello sguardo. Ma accanto al mio volto vidi, nello specchio, il volto dei miei vicini: bocche spalancate per addentar salsicce, palati scuri e profondi dietro i denti gialli, in cui cadevano rosei bocconi di carne, cappelli nuovi e cappelli malandati, e le capigliature bagnate di gente a testa nuda, tra i quali il viso colorito della rivenditrice passava e ripassava di continuo. Sorridendo allegramente essa pescava le salsicce bollenti, con una pinza di legno, in mezzo al grasso galleggiante, schizzava un po' di senape in un piattino di cartone, andava su e giù tra quelle bocche masticanti, raccoglieva i piattini sporchi, macchiettati di senape, distribuiva sigarette e limonate, ritirava i soldi con le dita rosee un po' troppo corte, mentre la pioggia tambureggiava sul tetto del chiosco.

Anche sul mio viso, quando addentavo la salciccia, la mia bocca si apriva e dietro i denti giallastri appariva la buia cavità delle fauci, scorgevo quell'espressione di mite ingordigia che mi atterriva negli altri. Le nostre teste erano in fila come in un teatro di burattini, avvolte nel caldo vapore che esalava dalle caldaie. Uscii spaventato di tra la calca, e imboccai sotto la pioggia la Mozartstrasse. Sotto le tende calate dei negozi s'era raccolta la gente in attesa che spiovesse, e quando raggiunsi la bottega di Wagner dovetti di nuovo farmi largo sino alla porta, la aprii con difficoltà verso l'esterno e mi sentii sollevato quando finalmente scesi gli scalini e mi venne incontro l'odore del cuoio. Odorava del vecchio sudore di vecchie scarpe, di cuoio fresco, di pece, e udii ronzare l'antiquata cucitrice a pedale.

Passai accanto a due donne che aspettavano sedute su una panca, aprii la porta a vetri e mi rallegrai di vedere che, al mio entrare, il volto di Wagner si era aperto a un sorriso. Lo conosco da trentacinque anni. Abitavamo in quello spazio d'aria che adesso c'è sopra la sua bottega, lassù, in qualche parte dell'atmosfera che si stende sopra il tetto di cemento della sua officina, e non avevo più di cinque anni quando già gli portavo le pantofole di mia madre. Ora il Crocifisso è ancora appeso al muro, dietro il suo sgabello, e accanto c'è l'immagine di un san Crispino, un mite vegliardo dalla barba grigia, che nelle mani — troppo curate per un ciabattino — tiene un treppiede di ferro.

Diedi la mano a Wagner, e lui, che aveva la bocca piena di chiodi, mi accennò muto l'altro sgabello. Sedetti, trassi di tasca la busta dello stipendio, e Wagner spinse verso di me, sul tavolo, la borsa di tabacco e un po' di cartine per sigarette. Ma la mia sigaretta era ancora accesa, dissi: «Tante grazie», gli porsi la busta e soggiunsi: «Se non vi dispiace...».

Lui si tolse i chiodi di bocca, si passò un dito sulle ruvide labbra, per accertarsi che non ve ne fosse rimasto attaccato qualcuno, e mormorò: «Un'altra commissione per vostra moglie... be', be'...».

Mi tolse di mano la busta, scosse il capo e riprese: «Sarà fatto, ci mando mio nipote appena torna da confessarsi. Tra», diede un'occhiata all'orologio, «tra mezz'ora».

«Le occorre oggi stesso, c'è dentro del danaro», avvertii. «Lo so», disse lui. Gli strinsi la mano e me ne andai. Mentre salivo i gradini mi venne in mente che avrei potuto chiedergli soldi in prestito. Esitai un momento, quindi salii l'ultimo scalino e mi feci largo tra la gente per uscire.

Pioveva ancor sempre quando, cinque minuti più tardi, scesi dall'autobus all'angolo della Benekamstrasse. Passai tra i tetti a punta di alte case gotiche, puntellate per conservarle come monumenti storici. Attraverso le vuote, semicarbonizzate aperture delle finestre vidi il cielo grigio-scuro. Una sola di queste case è abitata: saltai sotto il tetto a spiovente, suonai il campanello e attesi.

Nei miti occhi castani della cameriera lessi quella stessa pietà che provavo io un tempo per quei tipi cui ora, evidentemente, comincio ad assomigliare. Essa mi prese il pastrano e il cappello, li scosse davanti alla porta e disse: «Mio Dio, dovete essere fradicio fino alle ossa». Annuii col capo, andai davanti allo specchio e mi passai le mani tra i capelli.

«È in casa la signora Beisem?», domandai.

«No».

«Si sarà ricordata che domani è il primo del mese?».

«No», rispose la ragazza. Mi fece entrare nella stanza di soggiorno, spinse il tavolo accanto alla stufa, portò una sedia, ma io rimasi in piedi, la schiena appoggiata alla stufa, e guardai l'orologio che da centocinquant'anni segna il tempo alla famiglia Beisem. La camera è stipata di vecchi mobili, e le finestre hanno autentiche vetrate gotiche.

La servetta mi portò una tazza di caffè e si trascinò dietro per una bretella il giovane Beisem, Alfons, cui mi sono impegnato d'insegnare le regole delle frazioni. Il ragazzo è sano, rubicondo e gioca volentieri nel suo grande giardino con le castagne: le raccoglie con passione, le va a prendere anche nei giardini delle case attigue, dove non abita ancora nessuno, e quando la finestra era aperta vedevo, nelle settimane scorse, lunghe filze di castagne appese fuori, tra gli alberi.

Applicai le palme intorno alla tazza, sorseggiai il caffè caldo e, parlando lentamente, versai in quella faccia piena di salute le regole del calcolo frazionario, sapendo che non serviva a nulla. Il bambino è buono ma stupido, stupido come i suoi genitori e gli altri loro figli. Non c'è che una persona intelligente in tutta la casa, ed è la cameriera.

Il signor Beisem commercia in pellami e in scorie di metallo, è una simpatica persona, e qualche volta, quando lo incontro, e lui si trattiene qualche minuto a parlare con me, ho l'assurda impressione che m'invidi per il lavoro che faccio. Mi par di capire che per tutta la vita abbia sofferto del fatto che ci si aspettava da lui quel che era al disopra delle sue capacità, ossia la direzione di una grande azienda, cosa che richiede sia grinta che intelligenza. A lui mancano l'una e l'altra, e quando ci incontriamo s'informa con un tal fervore di ogni particolarità della mia professione, che comincio a sospettare che gli piacerebbe di starsene chiuso per tutta la vita in un piccolo centralino telefonico più di quanto non piaccia a me. Vuole che gli spieghi come faccio funzionare il commutatore, come stabilisco le comunicazioni interurbane, m'interroga sul nostro gergo professionale, e l'idea che posso ascoltare tutte le conversazioni gli procura una gioia infantile. «Interessante», non fa che ripetere, «com'è interessante».

Le lancette dell'orologio avanzavano lentamente. Mi feci ripetere le regole, dettai qualche problema e aspettai fumando che fosse risolto. Fuori c'era un gran silenzio. Qui al centro della città regna un silenzio come in un minuscolo villaggio della steppa, quando le greggi se ne sono andate e non sono rimaste che poche vecchiette malate.

Per dividere una frazione per un'altra si moltiplica la prima per l'inverso della seconda.

Gli occhi del bambino si fermarono improvvisamente sul mio volto, ed egli disse: «Clemens ha preso due in latino».

Non so se abbia notato che trasalii. La sua osservazione evocò d'un tratto la faccia di mio figlio, me la gettò addosso, la faccia pallida di un ragazzo tredicenne, e mi ricordai che Alfons è suo vicino di banco.

«Bene», dissi con sforzo. «E tu?».

«Quattro»,[1] disse lui, e il suo sguardo vagò incerto lungo il mio volto, come in cerca di qualcosa, e io sentii di arrossire, pur restando intimamente indifferente, poiché di colpo mi venivano incontro i visi di mia moglie, dei miei figli, gi-

1 In Germania i voti scolastici sono in scala ascendente: il migliore è l'1, il peggiore è il 5. (*n.d.t.*)

ganteschi, quasi proiettati dentro il mio volto, e dovetti coprirmi gli occhi, mentre mormoravo: «Vai avanti: come si moltiplica una frazione per un'altra?». Lui ripeté la regola a bassa voce, guardandomi in faccia, ma io non lo ascoltavo: vedevo i miei bambini aggiogati a quella giostra mortale che comincia con una cartella piena di libri scolastici e finisce da qualche parte su una seggiola d'ufficio. Mia madre, la mattina, mi vedeva andar via con la cartella sulle spalle... e Käte, mia moglie, vede i nostri figli andar via la mattina con la cartella sulle spalle.

Versai le regole del calcolo frazionario in quel viso di bambino, e da quel viso di bambino me le vidi in parte restituire, e l'ora passò, sia pure lentamente, e finii per aver guadagnato due marchi e cinquanta. Dettai al ragazzo i compiti per la prossima lezione, bevetti l'ultimo sorso di caffè e uscii in anticamera. La domestica aveva messo ad asciugare in cucina il cappotto e il berretto, e mi sorrise mentre mi aiutava a infilare il cappotto. Quando fui in strada ricordai il viso rosso e bonario della ragazza e mi venne in mente che avrei potuto chiederle soldi in prestito. Esitai un momento solo, mi rialzai il bavero, dato che pioveva ancora, e corsi alla fermata dell'autobus che si trova presso la chiesa dei Sette Dolori di Maria.

Dieci minuti dopo, in un quartiere della parte meridionale della città, sedevo in una cucina odorante di aceto, e una ragazza pallida dai grandi occhi quasi gialli mi recitava una filza di vocaboli latini. A un certo momento si aprì la porta della camera accanto, e nello spiraglio si affacciò un magro viso di donna dai grandi occhi quasi gialli, e disse: «Datti da fare, piccola, sai bene che sacrifici debbo fare per mandarti a scuola... e le lezioni private costano care».

La piccola si diede da fare, io mi diedi da fare, e per tutta la durata della lezione ci bisbigliammo parole latine, frasi e regole di sintassi, e io sapevo bene che non serviva a nulla. Alle tre e dieci in punto la donnetta magra venne dalla camera accanto, portandosi dietro un forte odor d'aceto, accarezzò i capelli alla bambina, mi guardò in faccia e chiese: «Credete che ce la farà? All'ultimo compito in classe ha preso tre. Lunedì ne fanno un altro».

Mi abbottonai il cappotto, tirai fuori di tasca il berretto bagnato e risposi piano: «Credo che ce la farà». Posai la mano sui capelli biondo-opachi della bambina. La donna disse: «Deve farcela assolutamente, non ho che lei, mio marito è caduto a Winiza». Mi vidi dinanzi per un attimo la sudicia stazione ferroviaria di Winiza, piena di trattori arrugginiti, guardai la donna, e lei si fece improvvisamente animo e disse ciò che voleva già dirmi da un pezzo: «Per il pagamento, potreste aspettare fino...», e io dissi di sì, prima ancora che avesse finito la frase.

La ragazzina mi sorrise.

Quando tornai all'aperto, aveva smesso di piovere, c'era il sole, e alcune grandi foglie gialle, ondeggiando lentamente, cadevano dagli alberi sull'asfalto bagnato. Meglio di tutto sarebbe stato andarmene a casa, dai Block, presso i quali abito già da un mese, ma non so come, mi sento continuamente spinto a far cose, a durar fatiche che so benissimo non approderanno a nulla. Avrei potuto chiedere un prestito all'amico Wagner oppure alla cameriera dei Beisem, e mi avrebbero certo dato qualcosa, invece mi avviai alla fermata del tram, montai sull'11, mi feci sballottare tra gente bagnata fino a Nackenheim e cominciai a sentire che la salsiccia bollente che avevo mangiata a mezzogiorno mi aveva fatto male. A Nackenheim m'incamminai, tra i cespugli incolti di un parco, alla villa di Bückler, suonai il campanello e mi feci introdurre in salotto dalla sua amica. Quando entrai in camera, Bückler strappò una strisciolina dall'orlo di un giornale, la infilò come segnalibro nel volume che stava leggendo, lo chiuse e si voltò verso di me con un rigido sorriso. Anche lui è invecchiato, convive già da un sacco d'anni con quella Dora, e la loro relazione è diventata più noiosa di qualsiasi matrimonio. Si sorvegliano a vicenda con un inflessibile accanimento che ha indurito i loro tratti, si chiamano tesoro e topolino, litigano per questioni di danaro, sono incatenati l'uno all'altra.

Anche Dora, quando ci raggiunse in salotto, strappò un pezzo di carta dall'orlo di un giornale, lo mise come segnapagine in un libro e mi versò il tè. Tra loro due c'era una scatola di cioccolatini, un pacchetto di sigarette e una teiera.

«Bravo», disse Bückler. «Ti si rivede, finalmente. Sigaretta?».

«Sì, grazie», risposi.

Fumammo in silenzio. Dora sedeva rivolta da un'altra parte, e ogniqualvolta mi giravo per guardarla in faccia il suo viso aveva un'espressione impietrita che si scioglieva in un sorriso non appena si sentiva fissata. Tacevano entrambi, e me ne stavo zitto anch'io. Poi schiacciai la sigaretta nel portacenere e improvvisamente, rompendo il silenzio, dissi:

«Ho bisogno di danaro. Potresti...?».

Ma Bückler m'interruppe ridendo:

«Allora hai bisogno della stessa cosa che occorre a noi già da un pezzo. Io, sai, t'aiuto volentieri, ma in quanto a danaro...».

Guardai Dora, e il suo viso impietrito si sciolse subito in un sorriso. Aveva una ruga dura intorno alla bocca ed ebbi l'impressione che aspirasse il fumo della sigaretta più profondamente del solito.

«Dovete scusare», dissi. «Ma tu sai...».

«So, so», replicò lui. «Non c'è niente da scusare. Può succedere a chiunque di trovarsi in difficoltà».

«Allora tolgo il disturbo», dissi, e mi alzai.

«Ma non disturbi affatto», ribatté lui, e dalla sua voce di colpo rianimatasi sentii che diceva sul serio. Si alzò anche Dora, mi obbligò, premendomi le mani sulle spalle, a sedere, e io lessi nei suoi occhi il terrore che potessi andarmene davvero. Compresi a un tratto ch'erano veramente contenti di vedermi. Dora mi porse il suo portasigarette, mi versò dell'altro tè, e io sedetti e gettai il basco sulla sedia. Ma continuammo a tacere, solo di tanto in tanto dicevamo una parola; e allorché guardavo Dora, il suo viso impietrito si scioglieva in un sorriso che dovetti presumere sincero, poiché quando finalmente mi alzai e presi il berretto dalla sedia mi resi conto che quei due avevano terrore di restar soli, terrore dei libri, delle sigarette e del tè, avevano paura della serata, dell'interminabile noia che si erano accollata perché temevano la noia del matrimonio.

Mezz'ora dopo mi trovavo, in un'altra parte della città, davanti alla porta di un mio compagno di scuola, e suonavo il campanello. Da più di un anno non mi ero più fatto vivo con lui e, quando vidi scostare la tendina dietro la minuscola finestrella della porta d'entrata, lessi nel suo grasso volto bianchiccio un'espressione di sgomento. Mi aprì la porta e intanto si era affrettato a cambiare espressione. Entrati nell'andito, vidi che di sotto un uscio filtrava il vapore di un bagno caldo, e udii gli strilli dei bambini, e la voce stridula della moglie domandò, dalla camera da bagno: «Chi ha suonato?». Mi trattenni con lui mezz'oretta, in quel suo salotto dalla mobilia verdolina, che odorava di canfora, parlammo del più e del meno, fumammo, e quando lui si mise a evocare i ricordi scolastici la sua faccia si rischiarò un poco, io però cominciai ad annoiarmi, e col fumo della sigaretta gli soffiai in faccia la domanda:

«Puoi prestarmi danaro?».

Non fu affatto sorpreso, ma mi parlò delle rate che doveva pagare per la radio, per l'armadio di cucina, per il divano, e di un certo paltò invernale per sua moglie, poi cambiò improvvisamente discorso e ricominciò coi ricordi di scuola. Lo stetti ad ascoltare e fui colto da una sensazione spettrale: mi pareva che stesse parlando di cose avvenute duemila anni fa... vedevo noi due, in una grigia preistoria, litigare col portiere, lanciar spugne contro la lavagna, fumare nei gabinetti... quasi fossero le cabine di un'età remotissima. Tutto ciò mi era talmente estraneo e lontano, che ne ebbi spavento. Perciò mi alzai, dissi: «Scusami, allora...», e presi congedo.

Mentre tornavamo nell'andito, la faccia gli ridivenne arcigna. La voce stridula di sua moglie gridò un'altra frase dalla camera da bagno, e lui le sbraitò: ««E lascia perdere!». Poi la porta mi si chiuse alle spalle e, voltandomi sulla sudicia scala, vidi che lui aveva scostato la tendina della finestrella e mi seguiva con gli occhi.

Me ne tornai lentamente a piedi in città. Aveva ricominciato a piovigginare, c'era un odore d'umido e di marcio, e i lampioni a gas erano già accesi. Entrai in una bettola a bere un grappino e osservai un uomo che stava davanti a un grammofono automatico e vi gettava una moneta dopo l'altra per sentir canzonette. Soffiai il fumo della sigaretta sopra il banco di mescita, guardai la faccia seria dell'ostessa, che mi fece l'effetto di una dannata, pagai e continuai la mia strada.

Dai cumuli di macerie delle case distrutte la pioggia, in torbidi rigagnoli giallicci o brunastri, scorreva giù sul marciapiede, e da certe impalcature sotto le quali passai mi piovvero sul mantello grosse gocce di calce.

Andai a sedermi nella chiesa dei Domenicani e cercai di pregare. Il luogo era buio, e accanto ai confessionali attendevano piccoli gruppi di uomini, donne e bambini. Sull'altar maggiore ardevano due ceri, era accesa la rossa lampada perpetua e le minuscole lampadine dei confessionali. Benché avessi freddo, rimasi in chiesa quasi un'ora. Sentivo bisbigliar sommesso nei confessionali, vedevo la gente che si spostava in avanti allorché qualcuno usciva, andava nella navata centrale e si copriva il volto con le mani. A un certo momento vidi i rossi fili roventi della stufetta elettrica, quando un frate aprì la porta del confessionale e si guardò intorno per vedere quanta gente stesse ancora aspettando. Fece una faccia delusa perché ad aspettare erano ancora in molti, quasi una dozzina, poi tornò al confessionale, lo sentii chiudere la stufetta, e il sommesso bisbiglio ricominciò.

Rividi le facce di tutti coloro dai quali ero stato durante quel pomeriggio, a cominciare dalla ragazza della cassa di risparmio che mi aveva dato un pezzo di carta gommata, la rosea donnetta della «tavola calda», il mio stesso volto con la bocca spalancata, in cui cadevano pezzi di salsiccia, e in testa il basco sbiadito; vidi la faccia di Wagner, quella buona e grossolana della serva dei Beisem, e il giovane Alfons Beisem, nel cui viso andavo bisbigliando le regole del calcolo frazionario, la ragazza nella cucina odorante di aceto, vidi la stazione ferroviaria di Winiza, sporca, piena di trattori arrugginiti, la stazione in cui era caduto suo padre, vidi sua madre col viso scarno e i grandi occhi quasi gialli, Bückler e l'altro mio compagno di scuola, e la faccia rossa dell'uomo che, nella taverna, se ne stava davanti al grammofono automatico. Mi alzai, perché cominciavo a gelare, presi l'acqua benedetta nella pila presso l'entrata, mi segnai e imboccai la Böhnenstrasse. Entrai nella bettola di Betzner e andai a sedermi al tavolinetto accanto al biliardino; allora mi resi conto che durante l'intero pomeriggio, dal momento in cui avevo sfilato dalla busta il biglietto da dieci marchi, non avevo pensato ad altro che alla piccola gargotta di Betzner. Lanciai il mio berretto sul piolo dell'attaccapanni, gridai verso il banco: «Un grappino doppio, per favore», mi sbottonai il cappotto e cercai qualche monetina nelle tasche della giacca. Ne introdussi una nella fessura del biliardino automatico, premetti il bottone, feci scattare le bilie d'argento dentro il canale, presi con la destra il bicchiere d'acquavite che Betzner mi aveva portato, feci scattare una sfera nel quadrato di gioco e tesi l'orecchio alla melodia prodotta dalla bilia nello sfiorare i contatti. Quando cercai più a fondo in tasca, trovai la moneta da cinque marchi di cui mi ero quasi dimenticato: me l'aveva prestata il collega che mi aveva dato il cambio.

Mi curvai sul biliardino automatico, osservai il giuoco delle palle d'argento e ne ascoltai la melodia, e sentii che Betzner, al banco di mescita, diceva sottovoce a un tale: «Ecco, adesso non si muove di lì finché non ha più un soldo in tasca».

II

Ricomincio sempre daccapo a contare i soldi che mi ha mandato Fred: biglietti di color verde cupo, verde chiaro, azzurri, raffiguranti teste di contadine cariche di spighe, donne dal gran petto che simboleggiano il commercio o la viticoltura, o, nascosto sotto un manto da eroe storico, un uomo che tiene in mano una ruota o un martello, e che probabilmente sta a rappresentare il lavoro manuale. Accanto a lui, una giovinetta insipida che si stringe al seno il modellino di una banca; ai suoi piedi uno scritto arrotolato e gli strumenti di lavoro di un architetto. Nel bel mezzo dei biglietti verdi, una virago sgraziata che nella destra tiene una bilancia e con gli occhi morti guarda oltre la mia spalla. Orribili fregi incorniciano questi preziosi biglietti, che negli angoli portano stampate le cifre che ne rappresentano il valore. Sulle monete, poi, sono impresse fronde di quercia e spighe, pampini e martelli incrociati, e sul retro hanno lo spaventoso simbolo dell'aquila che ha spiegate le ali e sta per spiccare il suo volo di conquista.

I bambini mi stanno a guardare, mentre faccio scorrere le banconote tra le dita, le suddivido, ammonticchio le monete: lo stipendio mensile di mio marito, che fa il telefonista in un ufficio vescovile: trecentoventi marchi e ottantatré pfennige. Metto da parte i soldi per l'affitto, quelli per la luce e il gas, quelli per la mutua, conto i soldi che debbo al fornaio e constato che mi restano duecentoquaranta marchi. Fred ha accluso un biglietto dove dice che si è tenuti dieci marchi e che me li restituirà domani. Se li andrà certo a bere.

I bambini mi stanno a guardare. Le loro facce sono serie e quiete, ma ho pronta per loro una sorpresa: oggi possono giocare nel corridoio. I Franke sono partiti per un congresso delle Donne Cattoliche, e non torneranno che lunedì. I Selbstein, che abitano sotto di noi, resteranno in villeggiatura altri quindici giorni, e quanto agli Hopf, che hanno affittato la camera accanto a noi, e dai quali non ci separa che una parete di eternit, non occorre che chieda loro il permesso. I bambini possono dunque giocare nel corridoio, ed è un beneficio il cui valore non dev'essere sottovalutato.

«Sono di papà quei soldi?».

«Sì», dico.

«È sempre malato?».

«Sì... Oggi potete giocare nel corridoio, ma non rompete niente e state attenti al tappeto».

E mi godo la gioia di vederli contenti, e al tempo stesso di non avermeli più intorno, ora che dovrò cominciare i lavori del sabato.

Nel corridoio stagna ancora un certo odor di conserva; e sì che la signora Franke, ormai, dovrebbe aver già riempito i suoi trecento bicchieri. Quell'odore di aceto riscaldato, che basta a rivoltar la bile a Fred, l'odore di frutta e verdura stracotte. Le porte sono chiuse e sull'attaccapanni non c'è che il vecchio cappello che il signor Franke si mette in testa quando scende in cantina. Il nuovo tappeto arriva solo fino alla nostra soglia e la nuova mano di colore fino a metà del vano della porta che costituisce l'ingresso al nostro appartamento: un'unica stanza dalla quale, con una parete di sbarre di legno, abbiamo separato una specie di cabina, in cui dorme il nostro ultimo nato e dove mettiamo giù le nostre cianfrusaglie. I Franke, invece, hanno quattro vani soltanto per sé: cucina, sala di soggiorno, camera da letto e un salotto, nel quale la signora Franke riceve le sue numerose visite. Non so quanti siano i comitati, quante siano le giunte, non mi occupo delle loro associazioni. So soltanto che le autorità ecclesiastiche le hanno attestato per iscritto la necessità di quel vano, di quel vano che non basterebbe a farci felici, ma ci garantirebbe la possibilità di tenere in piedi il nostro matrimonio.

La signora Franke, coi suoi sessant'anni, è ancora una bella donna. Ma la strana luce dei suoi occhi, con la quale riesce a dominare tutti quanti, m'incute paura: quegli occhi scuri e senza dolcezza, i capelli ben curati e tinti con molt'arte, la voce profonda e leggermente tremante, che soltanto con me riesce a diventare improvvisamente stridula, l'ordine perfetto delle sue vesti, il fatto stesso ch'essa riceva ogni mattina la santa Comunione e ogni mese baci l'anello al vescovo, quand'egli riceve le zelatrici più attive della diocesi, tutto ciò fa di lei una creatura contro la quale è inutile combattere. Noi ne abbiamo fatta esperienza, perché abbiamo combattuto contro di lei sei anni di seguito e ora vi abbiamo rinunciato.

I bambini giocano nel corridoio: sono talmente abituati a non far rumore, che non lo fanno nemmeno più quand'è permesso. Li sento appena: hanno legato insieme alcune scatole di cartone, un treno che si estende per tutta la lunghezza del corridoio e che vanno tirando cautamente di qua e di là. Costruiscono piccole stazioni, e caricano scatoline di latta, bastoncini di legno. Posso essere certa che resteranno occupati fino all'ora di cena. Il piccolo dorme ancora.

Conto ancora una volta le banconote, quei biglietti sudici e preziosi, il cui odore dolciastro, nella sua blanda delicatezza, mi spaventa, e vi aggiungo idealmente i dieci marchi che Fred mi deve. Se li andrà certo a bere. Ci ha lasciati da due mesi, e ora dorme in casa di conoscenti o in ricoveri di fortuna, perché non poteva più sopportare la ristrettezza dell'alloggio, la presenza della signora Franke e l'orrenda vicinanza degli Hopf. Quella volta il commissariato per gli alloggi, che sta costruendo un quartiere ai margini della città, diede responso negativo perché Fred beve, e il certificato del parroco nei suoi riguardi non risultò favorevole. È seccato che io non voglia far parte delle organizzazioni parrocchiali, la cui presidente è la signora Franke, che in tal modo ha accresciuto ulteriormente la sua fama di donna irreprensibile e disinteressata. Se infatti ci avesse concesso l'alloggio nuovo, il vano che abitiamo adesso, e di cui lei avrebbe bisogno come sala da pranzo, sarebbe rimasto libero. Così, a suo proprio danno, si pronunciò contro di noi.

Da allora, però, mi ha colto un terrore che non oso descrivere. Il pensiero di essere l'oggetto di un tale odio mi fa paura, e non ho più il coraggio di ricevere il Corpo di Cristo, la consumazione del quale par rendere la signora Franke di giorno in giorno più spaventevole. La luce dei suoi occhi, infatti, si fa sempre più dura. E ho paura di sentir la santa Messa, benché l'austera dolcezza della liturgia sia una delle poche gioie che mi sono rimaste. Ho paura di vedere all'altare il parroco, la cui voce sento così spesso nel salotto qui accanto: la voce di un gaudente rientrato, che fuma sigarette di marca, e racconta barzellette melense alle donne delle sue società e delle sue commissioni. Spesso li sento ridere forte, di là, mentre sono occupata a badare che i bambini non facciano chiasso, perché ciò disturberebbe la conferenza. Ma ormai non me ne importa più da un pezzo, lascio che i bambini giochino e noto con spavento che non sono nemmeno più capaci di far chiasso. Ma qualche volta, la mattina, quando il piccolo dorme e gli altri due sono a scuola, mentre sono in giro a far le spese, entro furtivamente in chiesa per qualche minuto, nell'ora in cui non ci sono più Messe, e mi godo la pace infinita che s'irradia dalla presenza di Dio.

Talvolta, però, la signora Franke ha accessi di sentimento che mi atterriscono più ancora del suo odio. A Natale venne da noi e ci pregò di partecipare a una festicciuola nel suo appartamento. Ci vidi percorrere l'anticamera come se entrassimo nelle profondità di uno specchio: in testa Clemens e Carla, poi Fred, e io in coda col piccolo in braccio. Fu come se entrassimo nelle profondità di uno specchio, e io vidi quel che eravamo: eravamo dei poveri.

Nella stanza di soggiorno, che è immutata da un trentennio, mi sentii a disagio, come in un mondo estraneo, del tutto fuori posto: era una stonatura che sedessimo su quei mobili, tra quelle pitture, non dovevamo sederci intorno a un tavolo coperto di damasco. E gli ornamenti dell'albero di Natale, che la signora Franke è riuscita a salvare attraverso il tempo di guerra, mi paralizzano il cuore dallo spavento: quei scintillanti globi turchini e dorati, i fiocchi di vetro filato e le facce imbambolate degli angeli di vetro, il Gesù Bambino di sapone nella mangiatoia di legno di rose, quella Madonna e quel san Giuseppe di terracotta dipinta a colori sgargianti, che sogghignano dolciastri sotto il cartiglio di gesso che annuncia «Pace agli uomini di buona volontà», quei mobili per pulire i quali deve sudare otto ore alla settimana una donna di fatica che percepisce cinquanta pfennige all'ora ed è iscritta alla Lega delle madri cattoliche, tutta questa esasperata, mortale pulizia mi fa paura. Il signor Franke sedeva in un angolo e fumava la pipa. La sua figura ossuta comincia a ingrassare: sento spesso il suo passo pesante su per le scale, il suo incedere rumoroso, e l'ansimare del suo respiro che, passando davanti alla mia porta, si perde nelle profondità del corridoio.

I bambini hanno paura di mobili come questi, che vedono ben di rado. Andarono a sedersi, esitanti, su due seggiole foderate di cuoio, e con fare così timido e silenzioso, che avrei voluto mettermi a piangere.

Sul tavolo, per loro, c'erano piatti pieni di dolci e alcuni regali: due o tre paia di calzini e l'immancabile salvadanaio di terracotta a forma di maialetto, che da trentacinque anni è di prammatica, a Natale, in casa Franke.

Fred aveva la faccia scura e capii che era pentito di essersi lasciato invitare. Era là in piedi, appoggiato al davanzale; tirò fuori di tasca una sigaretta, la lisciò lentamente e se l'accese.

La signora Franke versò il vino nei bicchieri e offrì ai bambini due boccali di porcellana a colori pieni di limonata. Sui boccali erano dipinte alcune scene della fiaba del lupo e delle sette capre.

Bevemmo. Fred vuotò il suo bicchiere d'un sol fiato, lo tenne in mano con fare critico, parve ripensare al gusto del vino. È in momenti come quelli che io lo ammiro. Nel suo viso, infatti, si leggeva chiarissimo quel che era superfluo esprimere a parole: due salvadanai di terracotta, un bicchiere di vino e cinque minuti di sentimentalismo non riescono a farmi dimenticare che il nostro alloggio è troppo piccolo.

Quell'orribile invito finì con un gelido commiato. Lessi negli occhi della signora Franke tutto ciò che sarebbe andata a raccontarne in giro: alle infinite altre disgrazie che ci pesano addosso si aggiungerà ora anche quella di essere considerati da tutti una famiglia ingrata e scortese, mentre la corona del martirio della signora Franke si arricchirà di altri due cerchi dorati.

Il signor Franke parla di rado, ma, quando sa che sua moglie è assente, sporge talvolta la testa nella nostra camera e posa, senza dire una parola, una tavoletta di cioccolata sul tavolo accanto all'uscio, e di tanto in tanto trovo un biglietto di banca nascosto nella carta da involgere, o lo sento parlare in anticamera coi bambini. Li trattiene un momento, mormora loro qualche parola, e i bambini poi mi raccontano che lui li accarezza sul capo e li chiama «tesoro».

Ma la signora Franke è diversa: assai vivace e ciarliera, e priva di tenerezza. Discende da un'antica famiglia di commercianti di questa città, una famiglia che di generazione in generazione ha sempre cambiato la merce in cui trafficava, scegliendola ogni volta più preziosa: dall'olio, dal sale e dalla farina, dal pesce e dal panno giunsero al vino, poi passarono alla politica, quindi scesero a fare i sensali di terreni, e oggi, certe volte, ho l'impressione che facciano commercio del più prezioso di tutti i beni: Dio stesso.

La signora Franke non diventa soave che in rare occasioni: anzitutto quando parla di danaro. Pronuncia quella parola con una religiosa delicatezza che mi spaventa, allo stesso modo con cui altri sogliono pronunciare le parole vita, amore, morte o Dio, adagio adagio, con un lieve terrore e una gran tenerezza nella voce. Lo splendore dei suoi occhi si appanna un po', e i lineamenti ringiovaniscono, quando parla di danaro o delle sue conserve, due tesori che nessuno al mondo ha il diritto di toccarle. Mi coglie lo spavento, quando certe volte sono sotto in cantina a prendere carbone o patate, e la sento, nello scompartimento attiguo, contare i suoi bicchieri, con un dolce mormorio, una cantilena che trasforma i numeri in una specie di segreta liturgia e fa che la sua voce mi ricordi quella di una monaca orante. Tanto che spesso abbandono là il mio secchio, scappo su di corsa e stringo i miei bambini al seno, sentendo che debbo proteggerli da qualche cosa. E i bambini mi guardano, gli occhi di mio figlio, che comincia già a farsi grandino, e i dolci occhi scuri di mia figlia; mi guardano, capiscono e non capiscono, e solo con una certa titubanza cominciano a seguire le preghiere che ho intonato, l'inebriante uniformità di una litania o le frasi del Pater Noster, che mi escono esitanti dalle labbra.

Ma sono ormai già le tre, e improvvisamente, là fuori, scoppia il terrore della domenica. Il cortile si riempie di chiasso, sento le voci che annunciano la letizia del sabato pomeriggio, e il cuore comincia a gelarmi in petto. Conto ancora una volta i danari, ne osservo le figure atrocemente noiose e finalmente mi decido a intaccare la somma. Nel corridoio i bambini stanno ridendo, il piccolo si è svegliato e bisogna che mi decida a fare i miei lavori. Alzando gli occhi dal tavolo, appoggiata al quale mi ero lasciata andare ai miei pensieri, il mio sguardo si posa sulle pareti della nostra stanza, cui sono appese alcune riproduzioni a buon mercato, come quei dolci visi femminili di Renoir, che ora mi fanno un effetto di cosa estranea, talmente estranea che non riesco a capire come mezz'ora fa riuscissi ancora a sopportarli. Li stacco dal chiodo, li strappo in due pezzi con mani tranquille e getto i brandelli nella pattumiera, che tra poco dovrò portar giù. Il mio sguardo scorre le nostre pareti, e nulla trova grazia ai miei occhi, tranne il Crocifisso sopra la porta e il disegno di un artista a me ignoto, il cui groviglio di linee con appena un velo di colore mi era fin qui risultato un mistero, e che adesso invece mi si rivela tutt'a un tratto, anche se non lo capisco.

III

Albeggiava appena, quando lasciai la stazione, e le vie erano ancora deserte. Due di esse costeggiavano trasversalmente un gran casamento rabberciato da bruttissimi restauri. Faceva freddo, e sul piazzale della stazione sostavano intirizziti alcuni tassisti: si erano sprofondate le mani nelle tasche dei cappotti, e le loro quattro o cinque pallide facce sotto i berretti a visiera blu si voltarono un attimo verso di me. Si movevano tutti insieme come burattini tirati dal filo. Un attimo, poi le facce scattarono nella posizione di prima, rivolte verso l'uscita della stazione.

A quell'ora, per le vie, non c'erano nemmeno prostitute. Voltandomi lentamente indietro, vidi che la lunga lancetta dell'orologio della stazione stava scivolando pian piano sul nove: erano le sei meno un quarto. Infilai la strada che, a destra, passa davanti a quel gran caseggiato, e guardai con attenzione le vetrine: doveva pur esserci, da qualche parte, un caffè o una taverna aperta, oppure uno di quei chioschetti che detesto, sì, ma preferisco pur sempre alle sale d'aspetto delle stazioni che, a quest'ora, t'offrono un caffè tiepido e un brodo sciapo e riscaldato e con gusto di caserma. Mi tirai su il bavero del pastrano, incastrai bene i risvolti l'uno nell'altro e mi spolverai calzoni e cappotto, facendone cadere il sudiciume nerastro che vi aderiva leggermente.

La sera prima avevo bevuto più del solito, e verso l'una di notte ero andato alla stazione da Max, che qualche volta mi dà ricovero. Max lavora al deposito bagagli (lo conosco dal tempo della guerra), e in mezzo al deposito c'è un enorme termosifone, con tutt'attorno un'armatura di legno che sostiene una specie di panca. È là che vanno a riposare tutti quelli che lavorano al piano più basso della stazione: facchini, addetti al deposito bagagli e manovratori del montacarichi. Tra termosifone e panca c'è uno spazio più che sufficiente perché mi ci possa cacciar dentro. Là sotto, poi, è scuro e fa caldo, e io sento una gran quiete, quando sono steso là dentro, ho il cuore in pace, il liquore mi scorre per le vene, il rombar cupo dei treni in arrivo e in partenza, il fracasso delle carrette portabagagli, lassù, il ronzio degli ascensori, tutti questi rumori che al buio mi sembrano ancora più cupi, mi conciliano ben presto il sonno. Qualche volta poi piango, là sotto, quando mi vengono in mente Käte e i miei bambini, piango pur sapendo che le lacrime di un beone non contano, non hanno peso... e provo qualcosa che vorrei definire non rimorso, ma semplicemente dolore. Bevevo già prima della guerra, ma pare che la gente l'abbia dimenticato, e il basso livello morale a cui mi sono ridotto viene considerato con una certa indulgenza, poiché di me si può dire: ha fatto la guerra.

Mi ripulii come meglio potevo davanti allo specchio della vetrina di un caffè, e lo specchio rilanciò un'infinità di volte verso il fondo la mia figuretta minuta, come in un'immaginaria pista di bocce, in cui mi tombolavano accanto torte di panna montata e bignè coperti di cioccolata: e così, là in fondo, vidi me stesso, un omarino minuto che ruzzolava perdutamente tra paste d'ogni qualità, ravviandosi i capelli, stiracchiandosi i calzoni con gesti confusi.

Continuai lentamente per la mia strada, passando davanti a botteghe di tabaccai e di fioristi, davanti a negozi di tessuti nelle cui vetrine i manichini mi fissavano col loro vuoto ottimismo. Poi a destra si aprì una traversa che pareva composta unicamente di baracche di legno. All'angolo della via era appeso un largo striscione bianco con la scritta: «Vi diamo il benvenuto, droghieri!».

Le baracche erano state costruite sulle macerie, se ne stavano lungo il marciapiede tra facciate combuste e crollate. Ma anche tra esse c'erano tabaccherie, negozi di tessuti e chioschi di giornali. Quando finalmente vidi una rosticceria, la trovai chiusa. Scrollai la maniglia, mi voltai e scorsi un lume. Attraversai la strada in direzione di quel chiarore e vidi che s'irradiava da una chiesa. Il gran finestrone gotico era stato murato alla bell'e meglio con rozze pietre, e nel mezzo di quel brutto rammendo era incastrato un piccolo battente di finestra verniciato di giallo, che doveva provenire da uno stanzino da bagno. Le quattro piccole lastre di vetro lasciavano trasparire una fioca luce giallastra. Mi fermai un attimo a pensare: non era molto probabile, ma forse là dentro c'era un po' di calore. Salii la logora scalinata. La porta sembrava non aver subito danni; era imbottita di cuoio. In chiesa faceva tutt'altro che caldo. Mi tolsi il berretto, avanzai pian piano tra i banchi e finalmente vidi, nella navata laterale rappezzata alla meno peggio, lo sfavillio di due candele. Andai avanti, benché mi fossi ormai accorto che dentro faceva ancor più freddo che fuori: c'era infatti corrente d'aria. Una corrente d'aria che soffiava da tutti gli angoli. I muri, in certi punti, non erano nemmeno stati rabberciati con pietre, ma consistevano in lastre di materiale sintetico semplicemente accostate, da cui colava giù il mastice, mentre le lastre stesse cominciavano a sfaldarsi e a far pancia. Sudici rigonfiamenti trasudavano umidità. Mi fermai perplesso accanto a una colonna.

Tra due finestre, davanti a un tavolo di pietra, si vedeva il celebrante in pianeta bianca, affiancato dai due ceri. Pregava a mani levate, e, benché di lui non vedessi che la schiena, mi accorsi che gelava dal freddo. Per un attimo ebbi l'impressione che il sacerdote fosse solo col suo messale aperto, le pallide mani levate e la schiena tremante. Ma nell'opaca penombra che dilagava sotto i ceri vacillanti scorsi ora la testa bionda di una ragazza che si era fervorosamente chinata in avanti, chinata a tal punto che i suoi capelli sciolti le si erano divisi sulla nuca in due bande uguali. Accanto a lei stava inginocchiato un ragazzo, che si voltava continuamente di qua e di là: anche solo di profilo, e benché ci fosse poca luce, riconobbi le palpebre gonfie e la bocca semiaperta che caratterizzano i cretini. Quelle palpebre arrossate, infiammate, le guance tonde, la bocca stranamente spostata in su. Nei brevi istanti in cui gli occhi erano chiusi, quella faccia di bambino deficiente acquistava un'espressione sprezzante che ti sorprendeva, irritandoti.

Ora il prete si volse: un tipo di contadino pallido e angoloso. I suoi occhi si mossero verso la colonna alla quale mi ero appoggiato, poi giunse le mani levate, le distaccò un'altra volta e mormorò qualche cosa. Indi si girò verso l'altare, vi si curvò sopra, si rivoltò in qua con un movimento improvviso e, con quasi ridicola solennità, impartì la benedizione alla giovinetta e al ragazzo idiota. Strano: benché fossi anch'io in chiesa, mi sentii escluso da quella benedizione. Il sacerdote si volse di nuovo verso l'altare, si mise la berretta, prese su il calice e spense con un soffio il cero di destra. Si diresse lentamente verso l'altar maggiore, vi fece davanti la genuflessione e scomparve nella profonda oscurità del tempio. Non lo vidi più, sentii soltanto stridere i cardini di una porta. Poi, per un momento, vidi la ragazza in piena luce: un profilo assai dolce e una schietta devozione, quando si alzò, si genuflesse e salì gli scalini dell'altare per spegnere con un soffio la candela che ardeva a sinistra. Irradiata da quella blanda luce d'oro, notai che era veramente bella: alta e sottile, con un viso puro e sereno. Non ci fu nulla di goffo nell'atto con cui appuntò le labbra e soffiò. Poi il buio scese su lei e sul ragazzo, e io non la rividi che quando entrò nella zona di luce grigia che cadeva dalla finestrella murata là in alto. Fui ancora colpito dal portamento della testa e dal movimento del collo; passandomi accanto, mi guardò, assai calma, con una rapida occhiata scrutatrice, e uscì di chiesa. Era bella e io la seguii. Giunta all'uscita, si genuflesse ancora una volta, spinse la porta e si tirò dietro l'idiota.

La seguii. Prendendo in direzione opposta alla stazione, percorse la squallida via che si componeva solo di baracche e di macerie, e vidi che ogni tanto si voltava a guardare. Era slanciata, quasi magra, pareva non aver più di diciotto o diciannove anni e si trascinava appresso il cretino con una pazienza ferma e tenace.

Ora le case erano più frequenti, e solo qua e là si vedeva una baracca. La via era solcata da molte rotaie tranviarie, e da ciò riconobbi il quartiere, un quartiere della città in cui non vengo che raramente. È qui che ci dev'essere il deposito: sentivo lo stridio dei tram dietro un muro rossiccio e mal rappezzato, vedevo nel grigiore del crepuscolo i lampi accecanti delle fiamme ossidriche, e udivo il sibilo dei saldatori.

Avevo fissato così a lungo quel muro, che non mi accorsi quando la ragazza si fermò. Ormai mi ero avvicinato parecchio, vidi che si era fermata davanti a una baracca e che stava cercando un mazzo di chiavi. Il deficiente guardava in su, verso il grigiore diffuso del cielo. La ragazza gettò un'altra occhiata verso di me, e io esitai un momento, quando le passai accanto, finché vidi che la baracca ch'essa aveva cominciato ad aprire era una «tavola calda».

Aveva già aperto l'uscio e dentro, in quella grigia oscurità, vidi alcune sedie, un banco di mescita, il pallido argento di una macchina per caffè espresso. Ne usciva un rancido odor di frittelle, e nella penombra, dietro un vetro impiastricciato, vidi due piatti carichi di polpette, costolette fredde e un gran barattolo di vetro verdognolo, in cui nuotavano cetrioli sott'aceto.

La ragazza, quando mi fermai, mi guardò in faccia. Aveva smontato le imposte di latta, e anch'io la guardai in faccia.

«Scusate», dissi. «Aprite di già?».

«Sì», rispose lei, e, passandomi accanto, portò dentro l'ultima imposta, e udii che la appoggiava contro il muro. Benché le imposte fossero state tolte, essa venne fuori ancora una volta e mi guardò. Allora le chiesi:

«Si può entrare?».

«Certo», rispose. «Ma fa ancora freddo».

«Oh, non importa», dissi; ed entrai.

Dentro c'era un odore insopportabile, tanto che dovetti tirar fuori le sigarette e accendermene una. Essa aveva acceso la luce elettrica, e io mi meravigliai della gran pulizia che quell'improvviso chiarore rivelava intorno.

«Che strano tempo», disse lei, «per essere che siamo a settembre. Tra qualche ora farà di nuovo caldo, ma adesso si gela».

«Sì», ammisi. «Strano, la mattina fa freddo».

«Accenderò subito il fuoco», disse lei.

La sua voce era chiara, ma un po' dura: notai che era imbarazzata.

Assentii col capo, mi accostai alla parete accanto al banco e mi guardai attorno: le pareti erano costituite di nude tavole di legno tappezzate di variopinti cartelloni pubblicitari di sigarette: uomini eleganti, dai capelli brizzolati, che con un sorriso invitante porgevano il loro astuccio a signore scollate, mentre con l'altra mano stringevano il collo di una bottiglia di spumante; o cowboys a cavallo, con le facce diabolicamente allegre, il lazo in una mano e nell'altra la sigaretta, da cui si snodava una nuvola di fumo inverosimilmente densa e turchina che, simile a una bandiera di seta, arrivava sino all'orizzonte della prateria.

Il cretino sedeva accanto alla stufa, in preda a un sottile tremito di freddo. Aveva in bocca un lecca-lecca, ne teneva in mano il bastoncino e continuava a succhiare con irritante costanza quel pezzo di zucchero color rosso vivo, mentre due sottili, quasi impercettibili rivoletti di zucchero fuso gli scendevano lenti dai lati della bocca.

«Bernhard», disse la fanciulla con dolcezza, e si chinò su di lui, asciugandogli accuratamente gli angoli della bocca col fazzoletto. Poi alzò il coperchio della stufa, appallottolò alcuni giornali, gettò dentro la carta, vi accatastò sopra un po' di legna e di carbone in mattonelle, e accostò un fiammifero acceso al muso arrugginito della stufa.

«Accomodatevi, prego», mi disse.

«Oh, grazie», risposi, ma non sedetti.

Avevo freddo e volevo stare vicino alla stufa. Nonostante la lieve nausea che m'incutevano la vista del povero deficiente e i freddi odori di quei cibi a buon mercato, pregustavo già con intenso piacere il caffè, il pane e il burro. Guardai la candida nuca della ragazza, vidi le calze mal rammendate che le coprivano le gambe e osservai i graziosi movimenti della sua testa, quando si piegava in giù a vedere se il fuoco prendeva bene.

Dapprima non uscì che fumo; poi, finalmente, sentii che la legna cominciava a scoppiettare; la fiamma mandò come un rauco soffio e il fumo diminuì. In tutto quel tempo essa rimase accovacciata ai miei piedi, armeggiò con le dita sporche intorno all'apertura della stufa e di tanto in tanto si chinava profondamente per soffiare, e allora le vedevo molto in giù dentro le spalle, vedevo la sua bianca schiena di bambina.

Infine si alzò, mi sorrise e andò dietro il banco. Aprì il rubinetto, si lavò le mani e mise in funzione la macchina del caffè espresso. Io mi accostai alla stufa, ne alzai il coperchio con un uncino e vidi che già il fuoco bruciava la legna e stava accendendo le mattonelle di carbone. Cominciavo davvero a riscaldarmi. La macchina del caffè faceva già qualche sbuffo e io sentii crescermi l'appetito. Ogni volta che ho bevuto mi sveglio con una gran voglia di far colazione e di bere il caffè. Eppure guardavo con una leggera nausea i salamini freddi dalla pelle rugosa e le scodelle piene di insalate diverse. La ragazza prese una cassetta di latta piena di bottiglie vuote e tornò fuori. Il restar solo col cretino mi riempiva di una strana irritazione. Egli non mi badava minimamente, ma io andavo quasi in bestia a vederlo seduto là in fondo, contento di sé, che succhiava quel suo nauseabondo stecchino zuccherato.

Gettai via la sigaretta e diedi un sobbalzo quando la porta si aprì e invece della ragazza apparve il prete che aveva celebrato la Messa poco prima. Il suo tondo viso di contadino appariva ora pallido, sotto la tesa di un pulitissimo cappello nero. Disse: «Buon giorno» e la delusione gettò come un'ombra sulla sua fisionomia quando vide che dietro al banco non c'era nessuno.

«Buon giorno» dissi io e pensai: povero porco. Solo adesso mi ricordavo che la chiesa in cui ero stato era quella dei Sette Dolori, del cui parroco conoscevo benissimo il fascicolo personale: le sue note caratteristiche non erano gran che brillanti, le sue prediche non piacevano, non aveva abbastanza pathos e la sua voce era troppo rauca. In guerra non aveva compiuto alcun atto di eroismo, non era stato né un eroe né un oppositore del regime, nessuna decorazione gli aveva fregiato il petto, né tanto meno era recinto dell'invisibile corona del martirio. Persino una banalissima punizione disciplinare per inosservanza del coprifuoco aveva macchiato la sua scheda personale. Ma tutto ciò non era così grave come una strana storia di donne, di cui era bensì risultata la platonicità, ma che pure aveva raggiunto un grado di tenerezza spirituale che metteva a disagio le alte gerarchie. Il parroco dei Sette Dolori di Maria era uno di quelli che monsignore definisce un tipico sacerdote oscillante tra il «buono» e lo «scadente». La delusione e l'imbarazzo del parroco erano così evidenti, che mi sentii a disagio. Mi accesi una seconda sigaretta, dissi un'altra volta: «Buon giorno» e cercai di non fermare gli occhi su quel viso d'uomo mediocre. Ogni volta che li vedo, nelle loro sottane nere, con in faccia un'ingenua baldanza mista a un'altrettanto ingenua inquietudine, provo quel sentimento tra di rabbia e di compassione che mi prende anche di fronte ai miei bambini.

Il parroco picchiettava con gesto nervoso con una moneta da due marchi sulla lastra di vetro che riparava il banco. Un vivo rossore gli si diffuse dal collo sul volto quando si aprì la porta ed entrò la ragazza.

«Oh», disse in fretta, «volevo solo un pacchetto di sigarette».

Osservai attentamente come, con le sue corte dita bianche, passando cauto rasente le costolette, andò a pescare tra le sigarette, scelse un pacchetto rosso, gettò la moneta sul banco e, con un appena percettibile «Buon giorno», uscì in fretta dalla bottega.

La ragazza lo seguì con lo sguardo e mise giù la cesta che

aveva portata sul braccio. Sentii riempirmisi la bocca di saliva, alla vista di quei bei panini freschi e dorati. Mandai giù un'ultima tiepida boccata di fumo, spensi la sigaretta e cercai un posto dove sedere. La stufa, oramai, spandeva un forte calore solo in piccola parte frammisto al fumo delle mattonelle di carbone, e io sentii un lieve malessere che mi veniva su acido dallo stomaco.

Fuori stridevano, in curva, i tranvai che uscivano dal deposito; lunghe file di vetture d'un bianco sporco correvano lungo la strada, si allontanavano a guisa di serpenti, impuntandosi di tanto in tanto, mentre il loro stridio si diramava da determinati centri in direzioni diverse come in altrettanti canali di bianco stridore, al modo di una raggiera di fili.

L'acqua cominciava già a bollire nella macchina del caffè. L'idiota continuava a leccare il suo bastoncino di legno, cui oramai non aderiva più che un sottilissimo strato trasparente di zucchero rossiccio.

«Caffè?», mi chiese la ragazza da dietro il banco. «Volete un caffè?».

«Sì, per favore», dissi subito. E lei, quasi il tono della mia voce l'avesse colpita, mi rivolse il suo viso bello e sereno, e annuì sorridendo, mentre metteva la tazzina con la sottocoppa sotto il beccuccio della macchina. Aprì cauta il recipiente di latta pieno di polvere di caffè; e quando prese il cucchiaino, il meraviglioso aroma del caffè macinato giunse fino a me. Essa esitò un attimo e chiese:

«Quanto? Quanto caffè desiderate?».

Trassi di tasca il mio danaro, spianai i biglietti, ammonticchiai rapidamente le monete, frugai ancora in tutte le tasche, poi contai quel che avevo davanti e dissi:

«Tre... oh, bisogna che me ne facciate tre, tre tazze».

«Tre», ripeté lei, sorrise ancora e soggiunse:

«Allora vi do un bricchetto, costa meno».

La guardai mettere quattro cucchiaini abbondanti di polvere di caffè nel «braccio» di nichel, infilarlo nella macchina, togliere la tazzina e sostituirvi il bricchetto. Accudiva con molta calma alla macchina, che si sentiva sbuffare e gorgogliare, mentre bianche nuvolette di vapore le passavano sibilando accanto al viso. Vidi che il liquido scuro cominciava a gocciolare nel bricco e il cuore cominciò a battermi un pochino.

Talvolta penso alla morte e all'attimo in cui da questa vita passerò all'altra, e immagino che cosa potrò ancora ricordare in quell'ultimo istante: il viso pallido di mia moglie, la chiara orecchia di un sacerdote nel confessionale, due o tre Messe piene di raccoglimento nella penombra di una chiesa, al suono armonioso della liturgia, la pelle rosea e calda dei miei bambini, la grappa che mi va scorrendo per le vene, e le colazioni, al mattino, un paio di colazioni... Ora poi, mentre guardavo la ragazza armeggiare intorno ai becchi della macchina, fui certo che ci sarebbe stata anche lei. Mi sbottonai il cappotto, gettai il berretto su una sedia vuota.

«Potrei avere qualche panino?», domandai. «Sono freschi?».

«Certo», rispose lei. «Quanti ne volete? Sono appena sfornati».

«Quattro», dissi. «E anche un po' di burro».

«Sì... quanto?».

«Be', cinquanta grammi».

Prese i panini dalla cesta, li posò su un piatto e cominciò a dividere col coltello un pacchetto di burro da mezza libbra.

«Non ho la bilancia, può essere qualcosa in più? Un ottavo? Allora potrei farlo col coltello».

«Sì», dissi, «certo», e vidi benissimo ch'era più di un ottavo la porzione di burro ch'essa mise accanto ai panini: era il più grande dei quattro quarti in cui aveva diviso il contenuto del pacchetto.

Staccò attenta la carta dal pezzo di burro e venne col suo vassoio verso di me.

Armeggiò un poco col vassoio accanto al mio viso, volendo distendere con la mano libera una tovaglia sul tavolo. Io l'aiutai, spiegai il tovagliolo e per un istante sentii l'odore delle sue mani: le sue mani odoravano di buono.

«Eccovi servito», disse lei.

«Tante grazie», risposi.

Mi versai il caffè nella tazza, vi misi lo zucchero, rimescolai col cucchiaino e bevvi. Il caffè era bollente e molto buono. Solo mia moglie sa fare un caffè simile, ma io non lo bevo che di rado a casa mia. Cercai di ricordare da quanto tempo non avevo più bevuto un caffè così buono. Ne trangugiai parecchi sorsi di seguito e sentii subito che il mio benessere aumentava d'intensità. «Ottimo», dissi forte alla ragazza. «Ottimo, il vostro caffè». Lei mi sorrise, fece di sì col capo e io mi accorsi tutt'a un tratto quanto piacere provavo a vederla. La sua presenza mi riempiva di pace e di benessere.

«Non me l'ha ancor detto nessuno, che il mio caffè è così buono».

«Però lo è davvero», confermai.

Più tardi sentii, fuori, il tintinnio delle bottiglie vuote nella cassettina di latta, poi entrò il lattaio, e portò alcune bottiglie piene che lei contò, calma, con le sue bianche dita: latte, cacao, yoghurt e panna. Nella bottega cominciò a far caldo, e il deficiente era ancor sempre seduto al suo posto, teneva in bocca lo stecchino dal quale lo zucchero era stato succhiato via tutto e di quando in quando mandava dei suoni, irriconoscibili brandelli di linguaggio che cominciavano tutti per zeta e parevano racchiudere una melodia: zu zu-za za-zoooo. Un selvaggio recondito ritmo animava quel fischiante balbettio e sulla faccia dell'idiota, quando la ragazza si volgeva verso di lui, appariva una specie di sogghigno.

Entrava, ogni tanto, un meccanico del servizio tranviario, si toglieva gli occhiali di protezione, andava a sedersi, e beveva il latte dalla bottiglia con una cannuccia di paglia. Sulle loro tute era cucito lo stemma della città. Fuori c'era più animazione di prima; le lunghe catene di tram avevano smesso di avviarsi al centro compatte, e ora, a intervalli regolari, passavano le singole vetture d'un colore bianco sporco.

Pensai a Käte, mia moglie, e che stasera sarei stato con lei. Ma prima dovevo procurarmi un po' di danaro e trovare una camera. È difficile procurarsi danaro. Desideravo che ci fosse qualcuno che me lo desse subito. Ma in una città come la nostra, una città di trecentomila abitanti, è difficile trovar qualcuno che ti presti subito danaro, appena glielo chiedi. Ne conoscevo due o tre, però, cui avrei provato meno imbarazzo a chiederne, e volevo andar da loro. Intanto, forse, potevo passare da qualche albergo a vedere se trovavo una camera.

Avevo finito di bere il caffè, dovevano essere circa le sette. La bottega era piena di fumo di sigarette, e un vecchio invalido con la barba di quattro giorni, ch'era entrato zoppicante e sorridente, sedeva là davanti accanto alla stufa, beveva il suo caffè e dava da mangiare all'idiota fette di pane e formaggio che prendeva da un involto di carta da giornale.

Tranquilla, lo strofinaccio in mano, incassando danaro, sborsando il resto, sorridendo e salutando, la ragazza stava al banco, presso l'entrata, manipolava la leva della macchina del caffè, asciugava con uno straccio le bottiglie, quando le toglieva dall'acqua calda. Pareva che facesse tutto senza fatica, senza il minimo sforzo, benché in certi momenti si formasse davanti al banco una vera e propria ressa di avventori impazienti. Lei distribuiva latte bollente, cacao caldo, si faceva fischiare accanto al viso i vaporosi sbuffi della macchina del caffè, pescava cetrioli con una pinza di legno nel barattolo di vetro dall'apparenza torbida... Poi, tutt'a un tratto, ecco la bottega deserta. Solo un pingue giovanottello dal volto giallastro indugiava ancora accanto al banco, un cetriolo in una mano, una costoletta fredda nell'altra. Divorò in fretta l'uno e l'altra, si accese una sigaretta e mise fuori un po' per volta i suoi danari, che evidentemente teneva sciolti in tasca. Dal suo abito nuovo fiammante, sgualcito appena qua e là, dalla sua cravatta mi accorsi improvvisamente che fuori era festa, che in città stava cominciando la domenica, e ricordai quanto fosse difficile, di domenica, procurarsi danaro.

Se ne andò anche il giovanottello, e non rimase che l'invalido con la barba lunga, che ficcava in bocca all'idiota, con perseverante pazienza, un boccone dopo l'altro di pane e formaggio, mentre imitava sottovoce quei suoi bizzarri suoni: zu zu-za za-zozo. Ma il suo balbettio non aveva quel selvaggio ritmo affascinante. Guardai pensieroso lo scemo, che masticava con pacatezza i suoi bocconi. Appoggiata alla parete della baracca, la ragazza li stava contemplando. Beveva un po' di latte caldo da una mezzina e, strappandosi via via piccoli bocconi, mangiava con calma un panino asciutto. Ora tutto era pace e silenzio, e io mi sentii prendere a poco a poco da un'acre irritazione.

«Pagare», dissi a gran voce, e mi alzai.

Provai quasi vergogna quando l'invalido mi lanciò un'occhiata fredda e scrutatrice. Anche lo scemo si voltò verso di me, ma i suoi slavati occhi cilestrini si sviarono al mio fianco, e nel silenzio la ragazza disse a mezza voce:

«Lascialo, babbo, credo che Bernhard ne abbia abbastanza».

Poi prese la banconota dalla mia mano, la gettò in una

scatola di sigari che teneva sotto il tavolo e mi contò lentamente le monete del resto sulla lastra di vetro. Quando poi spinsi verso di lei la mancia, essa la prese, disse piano: «Grazie» e si portò la mezzina alle labbra per bere il latte. Anche in piena luce appariva bella, e io esitai un attimo prima di uscire. Mi sarebbe piaciuto restarmene là ore e ore, seduto in attesa. Voltai la schiena a quei tre e mi fermai. Poi mi diedi una scossa, dissi sottovoce: «Buon giorno» e uscii quasi di scatto.

Davanti alla porta due ragazzotti con le camicie bianche erano occupati a srotolare uno striscione e ad assicurarne le estremità a due pertiche. La strada era cosparsa di fiori. Aspettai un momento che lo striscione fosse tutto spiegato e potei leggere, in grandi lettere rosse sulla tela candida, la scritta: «Viva il nostro vescovo!».

Accesi una sigaretta e mi avviai a passi lenti verso la città per procacciarmi danaro e scóvare una camera per la notte.

IV

Quando mi accosto al rubinetto per riempire la secchia, vedo, senza volerlo, il mio viso nello specchio: una donna magra, che si è ormai resa conto di quanto sia amara la vita. I capelli sono ancora folti, e le lievi tracce grigie sulle tempie, che danno al biondo un luccichio d'argento, non sono che il segno più trascurabile del mio dolore per i due piccoli alle cui anime, dice il mio confessore, debbo rivolgermi nelle preghiere. Avevano l'età che ha adesso Franz, cominciavano appena a rizzarsi sul letto, cercavano di balbettarmi qualche parola. Non hanno mai giocato su un prato pieno di fiori, ma talvolta li vedo ugualmente sull'erba fiorita, e il dolore che provo è misto di soddisfazione, la soddisfazione al pensiero che quei due bambini sono stati risparmiati dalla vita. Eppure vedo crescere, mutando di anno in anno, quasi di mese in mese, due altre creature immaginarie. Hanno l'aspetto che avrebbero potuto avere i due piccoli. Negli occhi di quegli altri due bambini che, nello specchio, mi guardano e mi fan cenni di dietro il mio volto, c'è una saggezza che io riconosco, pur senza servirmene io stessa. Infatti, nel mesto sorriso che splende negli occhi di quei due bambini, ritti nella più remota profondità dello specchio, in un'argentea penombra, si esprime una pazienza, una pazienza infinita, mentre io, invece, non sono paziente, non rinuncio alla lotta ch'essi mi sconsigliano di intraprendere.

La secchia è lenta a riempirsi, e appena il liquido gorgoglio si fa più chiaro, sempre più chiaro, minacciosamente sottile, appena sento che il metallico arnese della mia lotta quotidiana sta per colmarsi, il mio sguardo riemerge dalle profondità dello specchio, e sosta ancora un attimo sul mio viso: gli zigomi sono un po' sporgenti perché comincio a dimagrire, il pallore del volto tende al giallastro, e penso se per stasera non è meglio che cambi rossetto, scegliendo forse un rosso più chiaro.

Chissà quante migliaia di volte avrò già fatto il gesto che ripeto anche adesso. Senza guardare sento che la secchia è piena, chiudo il rubinetto, le mie mani afferrano saldamente il manico, sento tendermisi i muscoli delle braccia, e con un deciso strattone poso a terra la secchia.

Ascolto alla porta di quella specie di cabina che, dentro la nostra stanza, abbiamo rimediato con assicelle di legno, per assicurarmi che Franz dorme.

Poi comincio la mia lotta, la lotta contro la sporcizia. Di dove prenda la speranza di riuscire mai ad averne ragione, non saprei proprio dire. Rimando di un altro poco l'inizio del lavoro, mi pettino, senza guardarmi allo specchio, sparecchio il servizio della colazione e mi accendo la mezza sigaretta che stava nell'armadio tra il libro di preghiere e il barattolo del caffè.

I nostri vicini si sono svegliati. Attraverso la sottile parete distinguo benissimo il soffiare della fiammella a gas, il loro ridacchiare mattutino, e quelle detestabili voci cominciano a dialogare. Lui si direbbe che sia ancora a letto, il suo mormorio resta incomprensibile; e quanto alle parole di lei, le afferro soltanto quando non è rivolta dall'altra parte.

«... domenica scorsa, otto veri... comprare altra gomma... quei soldi, quando li avremo?...».

Sembra che lui le stia leggendo il programma dei cinema, poi li sento dire a un tratto: «Andiamo lì».

Dunque usciranno, andranno al cinema, all'osteria. Comincio a dolermi un poco di avere l'appuntamento con Fred, dato che stasera ci sarà silenzio, almeno accanto a noi. Ma Fred è già in giro, probabilmente in cerca di una camera e di danaro, e il nostro convegno, perciò, non si può più disdire. La mia sigaretta, intanto, è finita.

Appena scosto l'armadio dal muro, i pezzi d'intonaco, che nel frattempo s'erano staccati dalla parete, vengono giù, sbriciolandosi: si sente far «ciac», poi di sotto le gambe dell'armadio schizza fuori una piccola frana calcinosa, polverosa e asciutta, che si sparpaglia rapida sul pavimento, sminuzzandosi nella sua breve corsa. Certe volte, si scorteccia una larga crosta d'intonaco, le cui crepe si estendono rapidamente; la calce, dietro la parete posteriore dell'armadio, si sgretola non appena lo sposto un po', si sente come un morbido tuono, e una nuvola di polvere biancastra mi avverte che sta per cominciare una giornata di durissima lotta. Su ogni oggetto della stanza si stende la polvere, una sottile polvere di calce che mi obbliga a pulire tutto una seconda volta con lo strofinaccio. La calce mi scricchiola sotto i piedi, e attraverso la sottile parete della cabina sento la tosse del piccolo, cui quest'odiosa polvere è andata in gola. Provo la disperazione come un dolore fisico, nella strozza un groppo d'angoscia che cerco di mandar giù. Faccio sforzi come per inghiottire; un misto di polvere, di lacrime e di disperazione mi scende nello stomaco, e ora inizio veramente la lotta. Col viso contratto, dopo aver spalancato la finestra, raduno, a colpi di scopa, le gretole di calce, poi prendo lo straccio, pulisco accuratamente l'impiantito e immergo lo strofinaccio nell'acqua. Appena ho pulito sì e no un metro quadrato di pavimento, sono costretta a risciacquare il cencio, e subito nell'acqua limpida si spande come una nube lattiginosa. Dopo il terzo metro quadrato l'acqua diventa densa, e quando vuoto la secchia vi resta appiccicato in fondo un disgustoso sedimento calcareo, che cerco di grattar via con le mani, sciacquandolo forte. Poi mi tocca riempir la secchia un'altra volta.

Scivolando oltre la mia faccia, il mio sguardo affonda nello specchio e li vedo di nuovo, i miei piccoli gemelli, Regina e Robert, che misi alla luce per vederli morire. Furono le mani di Fred a tagliare i cordoni ombelicali, a far bollire gli strumenti, a posarsi sulla mia fronte, mentre io gridavo in preda alle doglie. Lui pensava a tener accesa la stufa, faceva le sigarette per sé e per me, e intanto era ricercato come disertore. Talvolta mi pare di non aver cominciato ad amarlo che il giorno in cui compresi quanto disprezzasse le leggi. Mi portò in braccio giù in cantina, e c'era anche lui quando me li misi per la prima volta al petto, là sotto, nella muffita frescura della cantina, al fioco lume di una candela. Clemens sedeva sulla sua seggiolina e sfogliava un libro illustrato, mentre le granate scoppiavano sopra la nostra casa.

Ma il gorgoglio sempre più minaccioso dell'acqua mi richiama alla mia lotta contro la sporcizia, e quando, col solito strattone, poso la secchia sul pavimento, vedo che in quei punti che ho appena finito di pulire, e che si sono già asciugati, appare la mortale traccia bianchiccia della calce, detestabili macchie che io so purtroppo indelebili. Ma quel nulla biancastro distrugge la mia buona volontà, fiacca le mie forze, e il conforto che mi viene dalla vista dell'acqua chiara dentro la secchia è ben poca cosa.

Più e più volte metto il recipiente metallico vuoto sotto il pigro getto d'acqua che scorre dal rubinetto, e i miei occhi s'incantano nella lontananza sfumata e lattiginosa che s'apre dalle profondità dello specchio. E allora vedo i corpi dei miei due bambini coperti di gonfiori e di morsicature di cimici, li vedo punzecchiati dai pidocchi, e sono colta dal ribrezzo al pensiero dell'immenso esercito di insetti che viene mobilitato da una guerra. Miliardi di cimici e di pidocchi, di pulci e di zanzare si mettono in moto appena scoppia una guerra, obbedendo al muto comando che dice loro che ci sarà qualcosa da fare.

Oh, lo so, e non lo dimentico! So che i miei figli sono morti per via dei pidocchi, che ci è stato venduto un rimedio assolutamente inefficace, prodotto in una fabbrica sostenuta dal cugino del ministro della sanità, mentre il rimedio buono, efficace, veniva imboscato. Oh, lo so, e non lo dimentico, perché in fondo allo specchio io li vedo, i miei bambini, punzecchiati e sfigurati, urlanti e febbricitanti, i corpicini tumefatti da inutili iniezioni. E chiudo il rubinetto, senza afferrare la secchia, perché oggi è domenica e voglio concedermi una sosta nella lotta contro la sporcizia, che la guerra ha messo in moto.

E vedo il viso di Fred, che sta inesorabilmente invecchiando, consumato da una vita che sarebbe stata e sarebbe inutile senza l'amore ch'egli m'ispira. Il viso di un uomo che troppo presto ha cominciato a sentirsi indifferente verso tutto ciò che gli altri uomini hanno deciso di prendere sul serio. Lo vedo spesso, molto spesso; e ora che non è più con noi, più spesso di prima.

Sorrido, nello specchio, e guardo meravigliata il mio stesso sorriso, che ignoravo di avere, e ascolto il rumore dell'acqua, il cui gorgoglio si fa sempre più chiaro. Non riesco a ritirare lo sguardo dal fondo dello specchio, a portarlo sul mio volto, sul mio vero volto, del quale so benissimo che non sorrideva.

Vedo, là dentro, tante donne... donne gialle che lavano i panni nella pigra corrente di un fiume, le sento cantare... donne nere che scavano la dura terra, odo in sottofondo l'insensato e affascinante tam-tam dei loro uomini in ozio... donne dalla pelle rossa che, il poppante sulla schiena, pestano semi dentro conche di pietra, mentre gli uomini se ne stanno stupidamente accovacciati intorno al fuoco, la pipa in bocca... e le mie sorelle bianche negli alveari umani di Londra, di New York e di Berlino, nelle tenebrose gole dei vicoli di Parigi, le loro facce amare che ascoltano, spaventate, le urla di un ubriacone. E di fianco allo specchio vedo avanzare quell'esercito schifoso, l'ignota, mai celebrata mobilitazione degli insetti nocivi, che è destinata a portar la morte ai miei bambini.

Ma la secchia è già piena da un pezzo, e anche se è domenica, bisogna che pulisca, che combatta contro il sudiciume.

Sono anni che combatto contro il sudiciume di quest'unica stanza; riempio le secchie, sbatto gli strofinacci, verso l'acqua sporca nello scarico. Potrei quasi calcolare che la mia lotta sarebbe finita quando avessi grattato e sciacquato via tanto sedimento calcareo, quanto ne hanno spalmato sulle pareti di questa stanza, una sessantina d'anni fa, i giovani e allegri muratori che ci lavorarono.

Ogni volta che devo riempire il recipiente metallico, il mio sguardo affonda nello specchio, e quando ne riemerge si posa in superficie sul mio stesso volto che, assente e inanimato, ha assistito a quell'invisibile gioco: e allora, talvolta, vi scopro un sorriso, un sorriso che dev'esservi caduto e rimasto attaccato dal volto dei bambini. Oppure vi scopro un'espressione di selvaggia risolutezza, di durezza e di odio che non mi spaventa, ma di cui sono fiera, la durezza di un volto che non dimenticherà.

Ma oggi è domenica, e mi troverò con Fred. Il piccolo dorme, Clemens è andato con Carla alla processione, e dal cortile sento riecheggiare i suoni di tre funzioni religiose, di due concerti di musica leggera, di una conferenza, e il rauco canto di un negro, che emerge su tutto il resto e mi tocca, lui solo, il cuore.

«... *and he never said a mumbaling word...*».

«... e non disse nemmeno una parola...».

Forse Fred riuscirà a trovar danaro e andremo insieme a ballare. Mi comprerò un nuovo rossetto per le labbra, lo comprerò a credito, qui sotto, dalla padrona di casa. Sarebbe bello se Fred venisse a ballare con me. Odo ancor sempre il grido rauco e soave del negro, lo distinguo attraverso due prediche acquose, e sento l'odio salirmi alla gola, l'odio contro quelle voci che col loro cicaleccio penetrano in me come un flusso di marciume.

«... *dey nailed him to the cross, nailed him to the cross*».

«... lo inchiodarono alla croce, lo inchiodarono alla croce».

Sì, oggi è domenica, e la nostra camera è piena dell'odore di arrosto, e quest'odore basterebbe a farmi piangere, piangere sulla gioia dei bambini, che mangiano carne così di rado.

«... *and he never said a mumbaling word*», canta il negro.

«... e non disse nemmeno una parola».

V

Tornai alla stazione, mi feci cambiare un po' di danaro presso un chioschetto che vendeva salcicce calde, e decisi, visto ch'era domenica, di spassarmela un po'. Ero troppo stanco e disperato per andare da tutti coloro cui potevo chieder soldi, e preferii chiamare per telefono quelli che ce l'avevano. Talvolta mi riesce di dare alla mia voce al telefono quel tono di indifferenza, di incidentalità che suol rafforzare il credito. Si sa infatti che il vero bisogno, quando lo si avverta nella voce, quando lo si legga sul volto, ha il potere di chiudere le borse.

Alla stazione c'era una cabina telefonica libera. Vi entrai, mi segnai su un biglietto il numero di alcuni alberghi e trassi di tasca la mia agenda, per cercarvi il numero di coloro cui avrei potuto chiedere quattrini. In tasca avevo un sacco di monete, ed esitai ancora qualche istante, guardai le vecchissime, luride tariffe appese alle pareti della cabina, le «Istruzioni per l'uso» tutte scarabocchiate, poi, esitante, lasciai cadere nella fessura le prime due monete. Per quanti sforzi faccia, per quanto opprimente, quasi ossessiva mi sia divenuta questa continua richiesta di danaro, non riesco assolutamente a pentirmi di essere stato ubriaco. Compongo il numero di colui dal quale, più che da ogni altro, potrei sperare qualcosa. Il suo rifiuto, però, complicherebbe di molto la situazione, perché a tutti gli altri mi rivolgerei molto più malvolentieri.

Lasciai dunque un attimo le due monetine in fondo all'apparecchio, abbassai un'altra volta la leva e aspettai un poco. Il sudore m'imperlò la fronte, mi appiccicò il colletto sulla nuca, e io sentii quanto dipendeva, per me, dal fatto se avessi o non avessi trovato quel danaro.

Fuori, davanti all'uscio della cabina, vidi l'ombra di un uomo che pareva in attesa. Stavo già per premere l'altro pulsante per far uscire le mie monete, quando la cabina accanto si fece libera e l'ombra sparì di davanti all'uscio. Ma esitavo ancora. Sopra di me i treni in arrivo e in partenza rombavano cupi, e sentivo molto lontana la voce dell'annunciatore. Mi asciugai il sudore e pensai ch'era impossibile che scovassi, entro così poco tempo, tanti quattrini quanti erano necessari per trovarmi con Käte.

Ebbi vergogna di chiedere a Dio che colui al quale mi sarei rivolto mi desse subito il danaro, e d'un tratto mi riscossi, formai nuovamente il numero e tolsi la mano dalla leva per non cedere alla tentazione di riabbassarla. Quand'ebbi formato l'ultimo numero, ci fu un attimo di silenzio, poi si sentì il «tu-tuuu» di via libera, e io vidi la biblioteca di Serge, nella quale in quel momento squillava il telefono. Vidi i suoi molti libri, le eleganti incisioni appese alle pareti e la finestra istoriata, a colori, con l'immagine di san Cassio. Ricordai improvvisamente lo striscione che avevo visto poc'anzi: «Viva il nostro vescovo!» e pensai ch'era giorno di processione e che probabilmente Serge non era nemmeno in casa. Ora sudavo più che mai, e forse mi era sfuggita, una prima volta, la voce di Serge, perché sentii che diceva, molto impaziente:

«Pronto, chi è?».

Il tono della sua voce mi scoraggiò del tutto e in un solo secondo mulinai una quantità di pensieri: avrebbe poi saputo, Serge, se gli chiedevo danaro, separare in me la figura del dipendente da quella del debitore? Dissi più forte che potevo: «Bogner», mi asciugai il sudore freddo con la sinistra, ma soppesai attentissimamente la voce di Serge, e non dimenticherò mai quanto mi sentii sollevato allorché notai che la sua voce, adesso, aveva un tono più cordiale.

«Ah, voi», disse. «Perché ve ne stavate zitto?».

«Avevo paura», risposi.

Lui tacque, e io udii sopra di me il rombare dei treni, la voce dell'annunciatore e vidi davanti al mio usciolo l'ombra di una donna. Guardai il mio fazzoletto. Era umido e sporco. La voce di Serge mi colpì come un fulmine, quando mi chiese:

«Di quanto avete bisogno?».

Attraverso il telefono mi giungevano ora le belle campane dal timbro scuro della chiesa dei Tre Re, che provocarono nel ricevitore una specie di scroscio impetuoso. Dissi sottovoce: «Cinquanta».

«Quanto avete detto?».

«Cinquanta», ripetei, e trasalii ancora a quella sua botta involontaria. Eppure è proprio così: appena qualcuno mi vede o mi sente, capisce subito che voglio spillargli quattrini.

«Che ora è?», domandò lui.

Aprii la porta della cabina, vidi a tutta prima la faccia arcigna di una donna anziana che aspettava lì davanti, crollando il capo, scorsi poi, sopra lo striscione della Lega dei droghieri, l'orologio dell'atrio della stazione e dissi nel cornetto:

«Le sette e mezzo».

Serge tacque di nuovo. Sentivo nel ricevitore il cupo scroscio allettante delle campane dei Tre Re, sentivo anche di fuori, attraverso il brusio della stazione, le campane della cattedrale. Serge disse:

«Venite alle dieci».

Temetti che riattaccasse subito e dissi affannosamente:

«Pronto, pronto, signor...».

«Sì, che c'è?».

«Posso contarci?».

«Contateci», disse lui. «Arrivederci».

Lo sentii riattaccare il microfono, feci lo stesso anch'io e aprii la porta della cabina.

Decisi di risparmiare i soldi del telefono e mi avviai lentamente verso la città, in cerca di una stanza. Ma era molto difficile trovarne una. Per via della gran processione la città si era riempita di forestieri, anche il solito movimento turistico era ancora in pieno corso, e da qualche tempo in qua i congressi facevano affluire da ogni parte della nazione ogni sorta di intellettuali. I chirurghi, i filatelici e la «Caritas» s'erano ormai abituati a riunirsi una volta l'anno all'ombra della cattedrale. Invadevano gli alberghi, facevano salire i prezzi, spendevano fino all'ultimo centesimo le loro diarie. Oggi era la volta dei droghieri e pareva che di droghieri ce ne fosse un bel numero.

Li vedevo spuntare da ogni parte, all'occhiello una bandierina rossiccia, distintivo della loro associazione. Il freddo precoce pareva non nuocere affatto al loro buon umore, parlavano allegri del loro mestiere negli autobus e nei tram, si recavano in gran fretta alle sedute dei loro comitati, alle elezioni dei loro dirigenti, e parevano aver deciso di tener occupati per almeno una settimana tutti gli alberghi di medio costo. I droghieri erano davvero molti, e parecchi di loro avevano fatto venire le mogli per il week-end, sicché trovare una camera a due letti era un affar serio. C'era anche una mostra dell'associazione, e grandi striscioni invitavano a visitare quella rappresentativa esposizione di prodotti igienici. Qua e là, nella città vecchia, spuntavano gruppi di fedeli che si recavano al punto di raccolta della processione: un sacerdote tra grandi, dorate lampade barocche e chierichetti in veste rossa, uomini e donne in abiti da festa.

La ditta produttrice di un noto dentifricio aveva noleggiato un aeroplano, il quale lanciava sulla città minuscoli paracadute bianchi che facevano veleggiare pian piano verso terra pacchetti di dentifricio, mentre allo scalo c'era un gran cannone che sparava in aria sciami di palloncini col nome della ditta concorrente. Intanto si annunciavano altre sorprese, e si buccinava che la pubblicità scherzosa di una gran fabbrica di gomma fosse stata sabotata da parte delle autorità ecclesiastiche.

Quando, verso le dieci, andai da Serge, non avevo ancor trovato la camera, e mi vorticavano nella mente le risposte di pallide albergatrici, i borbottii scortesi di portieri cascanti dal sonno. Improvvisamente l'aerostato era scomparso, il rombo del cannone, giù allo scalo, non si sentiva più, e quando, dalla parte sud della città, riconobbi le melodie di canti religiosi, capii che la processione si era mossa.

La governante di Serge mi guidò in biblioteca, e prima che mi fossi seduto lo vidi uscire dalla porta della sua camera da letto, e notai subito che aveva soldi in mano. Vidi un biglietto verde e uno azzurro, e nell'altra mano, che teneva un po' incavata, c'erano alcune monete. Guardai a terra, aspettai finché la sua ombra mi fu sopra, poi alzai gli occhi, e la vista del mio volto gli fece dire:

«Mio Dio, non è poi la fine del mondo».

Non lo contraddissi.

«Su», disse. Alzai le mani, lui mi mise le due banconote nella destra, vi ammonticchiò sopra le monete di nichel e avvertì:

«Trentacinque, di più non posso proprio».

«Oh, grazie», risposi.

Lo guardai in faccia e cercai di sorridere, ma un violento singhiozzo mi venne su come un rutto. Tutto ciò, probabilmente, lo metteva molto a disagio. La sua tonaca ben spazzolata, le mani curate, le guance perfettamente rase mi facevano chiaramente sentire lo squallore del nostro alloggio, la povertà che respiriamo da dieci anni come una bianca polvere di cui non si sente né il gusto né l'odore, quell'invisibile, indefinibile ma realissima polvere della povertà che mi sta nei polmoni, nel cuore, nel cervello, che domina l'intera circolazione del mio sangue, e che ora mi soffocò il respiro: dovetti tossire e respirai a stento.

«Allora», dissi faticosamente, «arrivederci e tante grazie».

«Salutatemi vostra moglie».

«Grazie», ripetei. Ci stringemmo la mano e mi avviai alla porta. Quando mi volsi indietro, lo vidi, alle mie spalle, fare un gesto benedicente, e così mi rimase impresso, ritto là in fondo, prima di chiudere la porta: con le braccia goffamente penzoloni e il viso paonazzo. Fuori faceva freschetto e mi alzai il bavero del cappotto. M'incamminai piano verso la città e distinsi già da lontano le note degli inni sacri, i lunghi squilli delle trombe, il canto di voci femminili coperte a un tratto dalla vigorosa entrata del coro degli uomini. Di tanto in tanto una folata di vento portava in qua quella complessa armonia canora mescolata alla polvere che il vento sollevava tra le macerie. Ogni volta che la polvere mi batteva in faccia, mi colpiva anche la vibrazione patetica di quel canto. Che però di colpo s'interruppe, e quando ebbi percorso un'altra ventina di passi mi trovai proprio nella strada che la processione stava percorrendo. Non c'erano molte persone ai lati della via, e così mi fermai e attesi.

Rivestito della porpora dei martiri, il vescovo incedeva,

solo e isolato, tra il gruppo del Santissimo e la società corale. Le facce accaldate dei cantori avevano un aspetto smarrito, quasi stolido, come se riascoltassero mentalmente l'urlo dolce e melodioso che avevano appena interrotto.

Il vescovo era assai alto e slanciato e i suoi folti capelli bianchi uscivano a sboffi di sotto il piccolo zucchetto paonazzo. Camminava diritto, a mani giunte, ma io mi accorsi che non pregava, benché avesse le mani giunte e lo sguardo fisso in avanti. La croce d'oro, sul suo petto, dondolava leggermente di qua e di là, al ritmo dei passi. Il vescovo aveva un incedere regale: le sue gambe si alternavano in un movimento largo e misurato, e a ogni passo alzava un tantino i piedi, chiusi in pantofole di marocchino rosso, sicché pareva una variazione blanda del passo di parata. Era stato ufficiale. La sua faccia d'asceta era fotogenica. Si adattava benissimo per le copertine delle riviste religiose.

A breve distanza seguivano i canonici. Due soli di essi avevano la fortuna di possedere un viso ascetico; tutti gli altri erano grassi, o pallidissimi o rubicondi, e le loro fisionomie avevano un'aria di indignazione di cui non si riusciva a capire la causa.

Quattro uomini in smoking reggevano il baldacchino barocco guarnito di preziosi ricami, e sotto di esso avanzava il vescovo suffraganeo, con l'ostensorio. L'ostia, benché fosse assai grande, non riuscivo a vederla bene. M'inginocchiai, feci il segno della croce, ed ebbi, per un istante, la sensazione di essere un ipocrita. Ma poi pensai che Dio era innocente e che non è ipocrisia inginocchiarsi dinanzi a lui. Quasi tutti, lungo i due marciapiedi, s'inginocchiarono. Solo un giovanotto col basco e con una giacca sportiva verde rimase in piedi senza togliersi il berretto dal capo né le mani dalle tasche. Mi fece piacere che almeno non fumasse. Un uomo dai capelli bianchi gli si accostò per didietro, gli bisbigliò qualcosa, e l'altro, facendo spallucce, si tolse il berretto e se lo tenne sul ventre, ma senza inginocchiarsi.

Di colpo ero ridiventato molto triste. Seguii con lo sguardo il gruppo del Santissimo, che s'inoltrava per quel largo viale, dove l'inginocchiarsi, il rialzarsi, il battersi la polvere dai calzoni si propagava come un moto ondoso.

Dietro il gruppo del Santissimo seguiva una compagnia di circa venti uomini in smoking. Gli abiti erano tutti puliti e cadevano assai bene; di due soli si poteva dire che non cadevano bene, e vidi subito che li indossavano due operai. Doveva essere tremendo per loro camminare in mezzo agli altri, cui gli abiti andavano a pennello perché erano i loro smoking personali. A loro due, invece, era evidente ch'erano stati dati in prestito. Era noto, infatti, che il vescovo aveva una fortissima sensibilità sociale e certo lui stesso aveva insistito perché il baldacchino fosse portato anche da qualche operaio.

Passò un gruppo di frati. Facevano un bellissimo effetto. I loro mantelli neri sulle tonache bianco-giallicce, le tonsure pulitamente rase sulle teste chine in avanti, tutto ciò era molto bello a vedersi. I frati, poi, non avevano bisogno di giungere le mani, potendo nasconderle nelle loro ampie maniche. Passò, la piccola schiera, le teste pensosamente abbassate, in perfetto silenzio, non troppo presto, non troppo adagio, al calcolatissimo ritmo dell'interiorità contemplativa. I larghi colletti, le lunghe vesti e il gradevole accordo tra il bianco e il nero conferivano loro, al tempo stesso, qualcosa di giovanile e di intelligente, e la loro vista avrebbe potuto farmi desiderare di essere nel loro ordine. Ma di questi frati ne conosco due o tre, e so che, vestiti come i preti secolari, non si distinguerebbero affatto da questi ultimi.

Gli accademici — quasi un centinaio — avevano in parte facce molto intelligenti. In alcuni, anzi, di un'intelligenza un po' dolorosa. La maggior parte erano in smoking, ma molti indossavano normalissimi abiti grigio ferro.

Poi vennero i singoli parroci della città, fiancheggiati da grandi lampade portatili barocche, e mi accorsi di quanto fosse difficile avere un bell'aspetto nella veste secentesca del clero secolare. La maggioranza dei parroci non aveva la fortuna di possedere un volto ascetico, molti erano assai grassi e sembravano scoppiare di salute. Quasi tutti quelli che stavano sui marciapiedi, invece, erano malridotti, con un'aria esausta e un tantino smarrita.

Gli studenti cattolici indossavano tutti quanti berretti a colori vivacissimi, sciarpe a tinte sgargianti, e quello che marciava nel mezzo portava sempre una lunga e pesante bandiera di seta, anch'essa a vivaci colori. Erano sette od otto gruppetti di studenti in fila indiana, e la schiera, nel suo complesso, era quanto di più variopinto avessi mai veduto. Le loro facce erano molto serie, e guardavano tutti in avanti, senza batter ciglio, evidentemente verso una meta lontana e assai attraente, senza che nessuno paresse sospettare di avere un aspetto ridicolo. A uno di loro — portava un baschetto verde, rosso e blu — il sudore scorreva a rivoli lungo il volto, benché fosse tutt'altro che caldo. Ma lui non faceva il minimo gesto per asciugarsi il sudore e a vederlo lo si giudicava non ridicolo, ma infelice. Pensai che forse esisteva una specie di corte d'onore, che l'avrebbero espulso per traspirazione indisciplinata nel corso della processione, e che forse la sua carriera era finita. Egli, infatti, faceva proprio l'impressione di un uomo che non abbia più speranze di riuscita, e tutti quegli altri che non sudavano parevano, dal canto loro, ben decisi a non fargli mai più riprendere quota.

Passò una turba di scolari. Cantavano troppo in fretta, spezzettando la frase e dando quasi l'impressione di un canto alternato, giacché il versetto che avevano intonato in testa al corteo, dopo tre secondi esatti giungeva ben forte e chiaro dalla coda. Un paio di giovani maestri vestiti di smoking nuovissimi e due giovani chierici in cotta di pizzo correvano su e giù, e cercavano di rimediare a quel dissesto canoro, segnando il tempo con grandi movimenti delle braccia, nel tentativo di trasmettere mimicamente verso il fondo le leggi dell'armonia. Ma era fatica sprecata.

A un tratto mi colse il capogiro e non vidi più nulla della processione né di chi stava a guardare. Il settore in cui si fissavano i miei occhi era limitato, una stretta inesorabile fessura circondata da uno sfavillante grigiore, dentro la quale non vedevo che loro, i miei figli, Clemens e Carla: il ragazzo molto pallido, un po' spilungone nel suo abito blu, all'occhiello il rametto verde della prima Comunione, il cero in mano, l'amabile viso di bambino tutto serio e raccolto; e la piccola, che ha i miei capelli scuri, la mia faccia tonda e il corpo minuto, e sorrideva un pochino. Mi pareva di vederli da una distanza immensa, ma con estrema chiarezza, e guardavo in quella parte della mia vita come in un'esistenza estranea che mi venisse accollata da qualcuno. E dalla vista di questi miei bambini che, lenti e solenni, reggendo un cero, attraversavano il mio minuscolo campo visivo, compresi quel che credevo di aver sempre capito, e invece non capivo che in questo momento: cioè che siamo poveri.

Fui attirato nel vortice della massa, che ora si stava accodando affannosamente per assistere alla funzione conclusiva in duomo. Tentai invano, per qualche tempo, di sgattaiolare a destra o a sinistra. Ma ero troppo stanco per farmi largo. Mi abbandonai alla corrente, spingendo pian piano verso l'esterno. Tutta quella gente mi faceva schifo, e cominciai a odiarla. Fin dove arrivano i miei ricordi, so che ho sempre avuto una pretta repulsione per i castighi corporali. Mi ha sempre fatto male veder picchiare qualcuno in mia presenza e quando ne ero testimone ho sempre cercato di impedirlo. Anche coi prigionieri di guerra. Il non poter sopportare le percosse nemmeno contro i prigionieri mi ha attirato un sacco di grane, di scherni e di pericoli, ma non potevo far niente contro la mia avversione, neanche se l'avessi voluto. Non potevo vedere che si picchiasse o maltrattasse una creatura umana e intervenivo non già perché sentissi compassione o per carità cristiana, ma semplicemente perché mi riusciva intollerabile.

Ma da qualche mese in qua provo spesso il desiderio di percuotere qualcuno in pieno viso, e talvolta ho picchiato i miei bambini, perché il loro chiasso mi irritava quando tornavo stanco dal lavoro. Li picchiavo forte, molto forte, ben sapendo che non era giusto ciò che stavo loro facendo, e mi spaventavo vedendo che perdevo il controllo di me stesso.

Sovente, di punto in bianco, mi prende il selvaggio desiderio di colpire qualcuno in pieno viso: quella magra donnetta, per esempio, che camminava al mio fianco in mezzo alla folla, così vicina che sentivo il suo odore acidulo e muffito. La sua faccia era contratta quasi in una smorfia d'odio, e gridava al marito, che camminava davanti a noi (un uomo sottile, dall'aria tranquilla, con un feltro verde): «Avanti, su, muoviti, perdiamo la Messa».

Mi venne fatto di portarmi completamente a destra. Riuscii a sottrarmi alla fiumana, mi fermai davanti alla vetrina di un negozio di calzature e mi lasciai sfilare davanti la moltitudine. Mi palpai il danaro in tasca, contai, senza tirarli fuori, banconote e monete, e constatai che non mancava niente.

Avevo voglia di un caffè, ma bisognava che andassi cauto nello spendere.

A un tratto la strada era vuota, e non vidi più altro che il sudiciume, i fiori calpestati, i calcinacci polverizzati e gli striscioni appesi storti a vecchi pali della linea tranviaria. Portavano scritto, in lettere nere sul bianco, l'inizio di qualche inno sacro: «Lodate il Signore in letizia», «Madre, benedici i figli tuoi». Alcuni striscioni erano dipinti a simboli: calici e agnelli, rami di palme, ancore e cuori.

Accesi una sigaretta e mi avviai passo passo verso i quartieri a nord della città. In lontananza si udivano ancora i canti della processione, ma dopo pochi minuti non si udì più nulla, e capii che il corteo era giunto alla cattedrale. Da un cinematografo stava uscendo il pubblico di uno spettacolo diurno, e io incappai in mezzo a un gruppo di giovani intellettuali, che avevano già cominciato a discutere sul film. Portavano impermeabili e berretti baschi, e s'erano raccolti intorno a una ragazza molto carina, che vestiva un pullover verdissimo e un paio di calzoni di tela greggia, all'americana, tagliati a metà dello stinco.

«... Enorme banalità...».

«... ma i mezzi espressivi...».

«... Kafka...».

Non riuscivo a dimenticare i miei bambini. Mi pareva di vederli a occhi chiusi: i miei piccoli, il ragazzo che ha già tredici anni, la bambina che ne ha undici. Creature smorte, l'uno e l'altra, destinate a girare la ruota del mulino. I due più grandi cantavano volentieri, ma io avevo loro proibito di cantare quand'ero in casa. La loro allegria, il loro chiasso mi davano sui nervi, e li avevo picchiati, io, che non avevo mai potuto sopportare la vista di una punizione corporale. Li avevo picchiati in faccia, sul sedere, perché la sera volevo silenzio, silenzio quando tornavo dal lavoro.

Dal duomo si sentiva cantare, il vento mi portava ondate di musica sacra. Passai a sinistra, davanti alla stazione. Vidi un gruppo di uomini vestiti di bianco che staccavano gli striscioni coi simboli religiosi dalle aste da bandiera, appendendone altri che dicevano: «Associazione germanica droghieri. Visitate la nostra esposizione. Molti campioni-omaggio».

«Che cosa sei senza il tuo droghiere?».

Lentamente, senza avvedermene, m'incamminai verso la chiesa dei Sette Dolori di Maria, passai davanti al portale e, senza alzar gli occhi, giunsi fino alla «tavola calda» dove avevo fatto colazione quella mattina. Pareva quasi che quella mattina avessi contato i miei passi, e che un ritmo misterioso, che dominava i muscoli delle mie gambe, mi costringesse a fermarmi, a sollevare lo sguardo. Guardando a destra vidi, attraverso la fessura della tenda, il piatto con le cotolette, i grandi manifesti variopinti che esaltavano diverse marche di sigarette, e mi diressi verso la porta, la apersi ed entrai. Dentro c'era un gran silenzio, e sentii subito che lei non c'era. Anche lo scemo era assente. In un angolo sedeva un tranviere intento a mandar giù cucchiaiate di minestra, alla tavola accanto una coppia di sposi con le loro tazze di caffè e un involto di panini imbottiti mezzo aperto, e dietro il banco si drizzava ora la figura dell'invalido, che mi guardò e parve riconoscermi: le sue labbra ebbero una piccola contrazione. Anche il tranviere e gli sposi alzarono gli occhi a guardarmi.

«Desiderate?», chiese l'invalido.

«Sigarette, cinque», risposi a bassa voce. «Quelle rosse».

Cercai stancamente una moneta in fondo alle tasche, la

posai piano sulla sponda di vetro, intascai le sigarette che l'invalido mi aveva porto, dissi: «Grazie», e indugiai.

Mi guardai lentamente intorno. Mi stavano ancor tutti a fissare: il tranviere, che teneva il cucchiaio a mezz'aria tra la bocca e il piatto (e la minestra, gialla, gli sgocciolava giù), e i due coniugi, che sospesero di masticare, restando lui a bocca aperta, lei a bocca chiusa. Guardai allora l'invalido: sorrideva; e attraverso la pelle scura, ruvida, irsuta del suo volto riconobbi il volto di lei.

Il silenzio era perfetto, e in quel silenzio egli domandò: «Cercate qualcuno?».

Scossi la testa, mi volsi verso la porta, mi fermai ancora un attimo e, prima di andarmene, sentii nella schiena gli occhi dei presenti. Quando uscii, la strada era ancora deserta.

Da un buio sottopassaggio che porta dietro la stazione venne su barcollando un ubriaco. Il suo pesante passo a zigzag veniva difilato su di me, e quando mi fu accanto riconobbi al suo occhiello la bandierina rossiccia, distintivo dei droghieri. Si fermò dinanzi a me, mi prese per un bottone del cappotto e mi ruttò in faccia un acido sentore di birra:

«Che cosa sei senza il tuo droghiere?», borbottò.

«Niente», ammisi a bassa voce. «Senza il mio droghiere non sono niente».

«Ah, lo vedi?», esclamò sprezzante, mi lasciò andare e continuò barcollando la sua strada.

Io scesi lentamente nel sottopassaggio.

Dietro la stazione c'era molta pace. Su tutta quella parte della città incombeva un odore amaro-dolciastro di noce di cacao tritata, misto al profumo di caramello. Una grande fabbrica di cioccolata attraversa tre larghe strade coi suoi edifici e cavalcavia, e dà a quel quartiere una patina cupa che contrasta con la golosa dolcezza dei suoi prodotti. È qui che abitano i poveri. I pochi alberghi che si trovano da queste parti costano poco e il Touring Club evita di mandarci i forestieri, perché resterebbero male impressionati dall'estrema miseria che si vede lì intorno. I vicoli stretti erano pieni di odor di cucina: odor di cavoli bolliti, odore violento di grandi arrosti. Frotte di bimbi se ne stavano qua e là, coi loro bastoncini di zucchero in bocca, mentre dalle finestre si vedevano uomini in maniche di camicia che giocavano a carte. A un tratto, appesa al muro bruciacchiato di una casa distrutta, vidi una grande, lercia insegna su cui era dipinta una mano nera, con scritto sotto: «Albergo olandese, camere, cucina casalinga, ogni domenica si balla».

Andai nella direzione indicata dalla mano nera, trovai all'angolo della strada una seconda mano indicatrice, con la scritta: «Alb. oland., qui di fronte» e quando alzai gli occhi e osservai la casa di fronte, di mattoni rossicci, annerita dal fumo della fabbrica di cioccolata, fui certo che i droghieri non erano penetrati fin qui.

VI

Mi meraviglio ogni volta dell'agitazione che mi prende quando sento al telefono la voce di Fred. È una voce rauca, un po' stanca e ha un tono apaticamente ufficiale che me lo rende estraneo e accresce la mia inquietudine. Così lo sentii parlare da Odessa, da Sebastopoli, e poi da innumerevoli osterie, quando cominciò a ubriacarsi. Quante volte mi tremò il cuore mentre staccavo il microfono e, al telefono pubblico, sentivo lui che premeva il pulsante, e il gettone che, cadendo, stabiliva il contatto. Quel ronzio nel profondo silenzio, prima che lui parlasse, i suoi colpi di tosse, la tenerezza che la sua voce riesce a esprimere al telefono.

La padrona di casa, quando scesi, sedeva nel suo angolo sul sofà, circondata da mobili scalcinati, la scrivania ingombra di saponette, di scatole piene di preservativi e di cassette di legno in cui essa conserva i cosmetici di maggior prezzo. La stanza era piena dell'odore di capelli di donna strinati, che v'era penetrato dalle cabine: quell'orrendo, selvaggio odore di capelli strinati che si suol accumulare durante tutto un sabato. La signora Baluhn, però, era in disordine, spettinata, si teneva aperto davanti il romanzo della biblioteca circolante senza leggerlo, e osservava me, che mi ero portata il ricevitore all'orecchio. Poi allungò una mano, senza guardare, all'angolo dietro il sofà, vi pescò la bottiglia dell'acquavite e se ne riempì il bicchiere, senza mai staccarmi di dosso quei suoi occhi stanchi.

«Pronto, Fred», dissi.

«Käte», disse lui. «Ho trovato una camera e un po' di danaro».

«Ah, bene».

«Quando vieni?».

«Alle cinque. Voglio prima fare la torta per i bambini. Andiamo a ballare?».

«Volentieri, se ne hai voglia. Si balla anche qui».

«Dove ti trovi?».

«All'albergo olandese».

«Dov'è?».

«A nord della stazione. Tu segui la Bahnhofstrasse finché all'angolo vedi una mano nera su un'insegna. Allora vai in quella direzione e ci sei. Come stanno i bambini?».

«Bene».

«Ho un po' di cioccolata per loro, e compreremo loro qualche palloncino, e anche un gelato. Ti darò dei soldi per loro, e informali che mi dispiace di... di averli picchiati. Avevo torto io».

«Non posso dirlo, Fred», risposi.

«Perché?».

«Perché si metteranno a piangere».

«Lascia che piangano, ma debbono sapere che mi dispiace. È molto importante per me. Pensaci, cara».

Non sapevo che dirgli, guardavo la padrona di casa che, con gesto esperto, si riempiva il secondo bicchiere, se lo portava alle labbra, si faceva girare l'acquavite lentamente in bocca, e vidi la sua espressione di leggero disgusto quando il liquore le scese in gola.

«Käte», disse Fred.

«Eh?».

«Di' tutto ai bambini, non dimenticartene, per favore, e

di' loro della cioccolata, dei palloncini e del gelato. Promettimelo».

«Non posso», dissi. «Oggi sono tanto contenti perché hanno potuto seguire la processione. Non voglio ricordar loro che li hai picchiati. Ne parlerò più tardi, quando un giorno verremo a parlare di te».

«Parlate di me, qualche volta?».

«Sì. Mi chiedono dove sei e io rispondo che sei malato».

«Sono malato davvero?».

«Sì, sei malato».

Lui tacque e io sentii il suo respiro nel ricevitore. La padrona di casa mi faceva strizzatine d'occhio e annuiva vivamente col capo.

«Forse hai ragione, forse sono davvero malato. Allora, alle cinque. L'insegna con la mano nera all'angolo della Bahnhofstrasse. Ho danari a sufficienza, e andremo a ballare. Arrivederci, cara».

«Arrivederci». Riattaccai lentamente il ricevitore e vidi la padrona di casa che metteva sul tavolo un secondo bicchiere.

«Venite, ragazza», disse piano. «Bevete un bicchierino».

In passato, ogni tanto, mi prendeva la rabbia e scendevo da lei a lamentarmi dello stato della nostra camera. Ma lei mi vinceva ogni volta con la sua mortale letargia, mi versava un po' di acquavite e lasciava agire su di me la saggezza dei suoi occhi stanchi. Inoltre riusciva a farmi capire che rimettere a nuovo la camera sarebbe costato più della pigione di tre anni. È da lei che ho imparato a bere l'acquavite. Da principio mi faceva male e le chiedevo un liquore. «Liquore?», diceva. «E chi è che beve liquore?». Ma oramai sono convinta che ha ragione: questa acquavite è buona.

«Venite, su, ragazza, bevetene un bicchiere».

Sedetti di fronte a lei, essa mi guardava con l'occhio fisso degli ubriachi, e il mio sguardo scivolò, oltre la sua faccia, su una pila di scatole di cartone striate a colori vivaci, con la dicitura: «Gomma Griss. Prodotto di prima qualità. Autenticità garantita dal marchio della cicogna».

«Cin cin», disse lei; e io alzai il mio bicchiere, dissi: «Cin cin», feci scorrere in me il benefico bruciore e capii, in quel momento, capii gli uomini che bevono, capii Fred e tutti gli altri che hanno bevuto.

«Ah, piccola», disse lei, e mi riempì il bicchiere con una prontezza che mi sorprese. «Non venite mai più a lagnarvi. Non c'è nessuna medicina contro la povertà. Mandatemi i bambini, oggi dopo pranzo, possono giocare qui. Voi uscite?».

«Sì», dissi, «esco, ma ho fatto venire un giovanotto che resta coi bambini».

«Tutta la notte?».

«Sì, tutta la notte».

Un pallido sogghigno le gonfiò per un attimo il volto come una spugna gialla, poi si riafflosciò.

«Be', allora portate loro su qualche scatola vuota».

«Oh, grazie», dissi.

Suo marito era sensale, e le ha lasciato tre case, il salone da parrucchiere e una collezione di scatole.

«Ne beviamo ancora uno?».

«Oh no, grazie», risposi.

Le sue mani tremanti diventano ferme appena toccano la bottiglia, e i loro movimenti acquistano una dolcezza che mi spaventa. Riempì anche il mio bicchiere.

«Vi prego», dissi. «Per me non più».

«Allora lo bevo io», dichiarò lei, e a un tratto mi osservò molto attentamente, socchiuse gli occhi e domandò: «Siete incinta, figlia mia?».

Trasalii. Talvolta penso di esserlo davvero, ma non ne sono ancora sicura. Scossi il capo.

«Povera piccola», mormorò lei. «Sarà duro per voi. Ci mancava un altro bambino».

«Non lo so», dissi incerta.

«Dovete cambiare il colore del rossetto, piccola».

Mi scrutò di nuovo attentamente, si tirò su e venne fuori, con la sua mole pesante coperta d'una blusa a colori sgargianti, di tra la sedia, il sofà e la scrivania. «Venite».

La seguii in negozio: l'odore di capelli strinati, di profumi spruzzati stagnava denso come una nuvola, e nella penombra che diffondevano nel locale le tende chiuse vidi i caschi metallici e gli apparecchi per la permanente, un pallido luccichio di nichel nella luce mortale della domenica pomeriggio.

«Venite, venite pure».

Rovistò in un cassetto pieno di bigodini, di astucci di rosso per le labbra e di variopinte scatole di cipria. Prese un rossetto, me lo porse e disse:

«Provate un po' questo».

Girai la vite dell'astuccio di ottone e vidi il bastoncino rosso cupo spuntar fuori girando su se stesso come un rigido verme.

«Così scuro?», domandai.

«Sì, così scuro. Datevelo un po'».

Gli specchi, qui sotto, sono diversi. Impediscono allo sguardo di perdervisi dentro, e ti tengono il viso in primo piano, piatto e vicinissimo, più bello di quanto sia veramente. Aprii le labbra, mi chinai in avanti e me le tinsi accuratamente di quel rosso cupo. Ma i miei occhi non sono abituati a questi specchi, pare che mi si allarghino in un altro sguardo che cerca di sfuggire oltre il mio viso e che scivola continuamente dentro lo specchio, rimbalzando su di me, sul mio volto. Mi prese il capogiro, e rabbrividii un poco quando la mano della padrona di casa si posò sulla mia spalla e vidi dietro di me, nello specchio, la sua faccia da ubriaca coi capelli scarmigliati.

«Fatti bella, colomba», sussurrò. «Fatti bella per l'amore, ma non lasciarti ingravidare continuamente. È questo il rossetto giusto, no, piccola?».

Io mi ritrassi dallo specchio, riavvitai il bastoncino dentro l'astuccio e dissi: «Sì, è questo. Ma soldi non ne ho».

«Non importa, non c'è fretta... un'altra volta».

«Sì, un'altra volta», dissi. Guardavo ancora sempre nello specchio, vi sdrucciolavo dentro come su una lastra di ghiaccio, poi mi coprii gli occhi con la mano e me ne allontanai definitivamente.

Lei mi ammucchiò molte scatole di saponette vuote sul braccio disteso, m'infilò il rosso per le labbra nella tasca del grembiule e mi aprì la porta.

«Tante grazie», dissi. «Arrivederci».

«Arrivederci», rispose.

Non capisco come Fred possa infuriarsi tanto per il chiasso che fanno i bambini. Sono così quieti. Quando sto accanto al fornello o davanti al tavolo sono spesso così silenziosi che mi volto improvvisamente, spaventata, per accertarmi della loro presenza. Costruiscono case con le scatole, bisbigliano tra loro e, quando mi volto, la paura che leggono nei miei occhi li fa balzar su a chiedermi: «Che c'è, mamma? Che c'è?».

«Niente», dico allora. «Niente». E mi volto a spianare la pasta. Ho paura di lasciarli soli. Prima uscivo con Fred soltanto il pomeriggio, una sola volta ero stata con lui tutta la notte. Il piccolo dorme, e voglio tentare di andarmene prima che si svegli.

Nella stanza accanto è cessato quel gemere orrendo, quel grugnire e rantolare spaventoso con cui i vicini accompagnano i loro amplessi. Ora dormono, prima di andare al cinema. Comincio a rendermi conto che dovremo comprare una radio per coprire quei gemiti, perché i discorsi a voce volutamente alta che comincio a fare non appena avviene quella cosa tremenda, che m'ispira non disprezzo ma solo paura, quei discorsi s'interrompono troppo presto e io mi chiedo se i bambini non comincino a capire. Ad ogni modo lo sentono, e l'espressione dei loro volti sembra quella di animali tremanti che fiutino la morte. Quando è possibile cerco di mandarli in strada, ma queste prime ore del pomeriggio della domenica sono piene di una squallida tristezza che spaventa anche i bambini. Divento tutta rossa appena nella stanza accanto si fa quello strano silenzio che mi paralizza, e cerco di mettermi a cantare quando i primi rumori annunciano che la lotta è cominciata: il cupo, irregolare traballar del letto e quelle voci che paiono quelle che gli acrobati si lanciano l'un l'altro quando si librano in cima al tendone del circo e cambiano al volo i trapezi.

Ma la mia voce si spezza, incerta, e io cerco invano le melodie che ho nell'orecchio ma che non riesco a formulare. Sono minuti, interminabili minuti nella mortale tristezza della domenica pomeriggio. Sento i loro sospiri esausti, sento che si accendono la sigaretta, e il silenzio che segue è saturo d'odio. Schiocco la pasta sul tavolo, la voltolo di qua e di là con quanto più rumore è possibile, la schiaffeggio un'altra volta e penso ai milioni di generazioni di poveri che sono vissute senza avere lo spazio per fare all'amore, e distendo la pasta, ne rialzo l'orlo tutt'intorno e infarcisco la torta di frutta.

VII

La camera era buia e si trovava in fondo a un lungo corridoio. Affacciandomi alla finestra, vidi uno squallido muro di mattoni che un tempo doveva esser stato rosso, ornato di una lista d'altri mattoni, un tempo giallastri, ora marroncini, che disegnavano una serie di greche; e oltre quel muro, che mi si parava dinanzi obliquo, il mio sguardo cadde sui due marciapiedi della stazione, che a quell'ora erano deserti. Laggiù, su una panca, sedeva una donna con un bambino, mentre la ragazza del chiosco delle bibite se ne stava davanti all'usciolo e non faceva che arrotolare su e giù sul ventre, con gesti nervosi, il grembiule bianco. Dietro la stazione c'era la cattedrale, ornata di pennoni; e metteva un certo disagio vedere, oltre la stazione vuota, la folla raccolta intorno all'altare. E il silenzio di quella moltitudine accanto al duomo era imbarazzante. Vidi allora il vescovo, nel suo abito paonazzo, ritto presso l'altare; e nel momento in cui lo scorsi, udii anche la sua voce, che gli altoparlanti diffondevano chiara e sonora sopra la stazione deserta.

Ho già sentito parlare il vescovo più di una volta, annoiandomi regolarmente: e per me non c'è di peggio che la noia. Ora poi, sentendo la sua voce attraverso l'altoparlante, mi venne di colpo l'aggettivo che avevo sempre cercato. Sapevo ch'era un aggettivo semplicissimo, l'avevo avuto più volte sulla punta della lingua, ma m'era sempre sfuggito. Al vescovo piace dare alla voce quell'inflessione dialettale che rende una voce popolare: ma il vescovo non è popolare. Il vocabolario delle sue prediche sembra attinto a un prontuario di pie frasi fatte, che da una quarantina d'anni a questa parte vanno perdendo a poco a poco ma costantemente ogni forza persuasiva. Frasi fatte che son diventate un puro rimbombo di parole, mezze verità. La verità non è noiosa, ma il vescovo ha evidentemente il dono di farla sembrar tale.

«... includere Dio nella nostra vita di ogni giorno... elevargli una torre nel nostro cuore...».

Per alcuni minuti ascoltai, oltre lo squallido marciapiede della stazione, quella voce inquinata da una traccia troppo marcata di dialetto, e vidi al tempo stesso quell'uomo dalle vesti paonazze che parlava davanti al microfono, e di colpo trovai la parola che avevo cercata per anni, ma che era troppo ovvia per venirmi in mente: il vescovo era sciocco. Il mio sguardo tornò a posarsi sulla stazione, dove la ragazza continuava ad arrotolarsi su e giù sul ventre, con gesto nervoso, il candido grembiule, e la donna sulla panca stava ora dando il poppatoio al suo bambino. I miei occhi vagarono lungo le greche marroncine sul muro di mattoni, tornarono, oltre lo sporco davanzale, nella mia stanza, e io chiusi la finestra, mi sdraiai sul letto e cominciai a fumare.

Ora non sentivo più nulla e in casa tutto taceva. Le pareti della mia stanza erano tappezzate di rossiccio, ma i disegni verdi a forma di cuore erano sbiaditi e non coprivano la carta che come pallidi scarabocchi a matita, sorprendenti per la loro regolarità. La lampada, come tutte le lampade, era brutta: una borsa di vetro, a forma d'uovo, marmorizzata a venature bluastre, e che probabilmente conteneva una lampadina da quindici candele. Quanto allo stretto armadio di legno marrone scuro, si vedeva subito che non lo si usava mai e che non era nemmeno destinato all'uso. Le persone che occupano camere come questa non sono di quelle che disfanno il loro bagaglio, anche ammettendo che ne abbiano. Non hanno giacchette da appendere all'attaccapanni, né camicie da ammucchiare l'una sull'altra; e quanto alle grucce di legno che vedevo penzolare nell'armadio aperto, erano così fragili che sarebbe bastato il peso della mia giacca per spezzarle. Qui la giacca si posa sulla spalliera della sedia, vi si buttano sopra i calzoni senza badare se siano bene in piega, seppure non li si tenga addosso, e si contempla la femmina smorta o, qualche volta, rubiconda, le cui vesti giacciono sull'altra sedia. L'armadio è superfluo, non esiste che pro forma, come gli attaccapanni, di cui nessuno si è mai servito. Quanto al lavabo, non era nient'altro che una tavola da cucina in cui s'era incastrata una catinella mobile. Ma in quel momento la catinella non era incastrata nella sua apertura. Era di smalto, un po' scheggiata qua e là, e il portasapone era di maiolica, omaggio di una fabbrica di spugne. Il bicchiere dei denti s'era certo rotto, e nessuno aveva pensato a sostituirlo. Ad ogni modo non c'era. Evidentemente s'erano sentiti in dovere di pensare anche all'estetica delle pareti, e a tal fine che c'è mai di più adatto di una riproduzione della Gioconda, che senza dubbio costituì un tempo il foglio supplementare di una rivista popolare d'arte? I letti erano ancor nuovi, avevano ancora l'odore acidulo del legno lavorato di fresco, erano bassi e scuri. Le lenzuola non m'interessavano. Per ora giacevo sulle coperte e aspettavo mia moglie, che probabilmente avrebbe portato con sé la biancheria necessaria. Le coperte erano di lana, verdastre, un po' lise, e i disegni che v'erano intessuti, raffiguranti orsi che giocavano a palla, s'erano trasformati in altrettanti uomini, giacché i musi degli orsi non si distinguevano più, e sembravano ormai caricature di atleti tozzi e nerboruti che si lanciassero bolle di sapone. Le campane suonarono mezzogiorno.

Mi alzai per andare a prendere il portasapone sul lavabo e cominciai a fumare. Era stato tremendo, per me, non poterlo dire, non poterlo confidare a nessuno, ma la verità è che quei soldi, questa stanza mi servivano soltanto per andare a letto con mia moglie. Da due mesi, benché si viva nella stessa città, non consumavamo il matrimonio che in camere d'albergo. Quando faceva proprio caldo, talvolta anche all'aperto, nei parchi, o nell'atrio di qualche casa distrutta, nel più nascosto centro della città, dove potevamo essere sicuri di non venir sorpresi. Il nostro alloggio è troppo piccolo, ecco tutto. Inoltre la parete che ci divide dai nostri vicini è troppo sottile. Per avere un alloggio più grande occorre danaro, occorre ciò che si suol chiamare energia. Ma noi non abbiamo né danaro né energia. Neanche mia moglie ha energia.

L'ultima volta ci trovammo in un parco dei sobborghi. Era sera, dai campi veniva l'odore dei porri appena raccolti e all'orizzonte i fumaioli esalavano colonne di fumo nero contro il cielo rossastro. Ben presto si fece buio, il rosso del cielo divenne viola, poi nero, e poco dopo non potemmo più vedere la larga pennellata scura dei camini fumanti. Lontano, dietro la conca di una cava di sabbione, brillavano alcune luci, e qui presso, lungo la strada, stava passando un uomo in bicicletta: il cono di luce vacillava sulla via accidentata e ritagliava nel cielo scuro un piccolo triangolo luminoso con un lato aperto. Si sentiva un tintinnio di viti allentate, e il fracasso del parafango di latta si allontanò con lentezza quasi solenne. Abituando un po' l'occhio all'oscurità, scorgevo anche, lassù, accanto alla strada, un muro ch'era più nero della notte, e dietro al quale si sentiva uno schiamazzare d'oche e la voce mormorante e carezzevole di una donna che le adescava per dar loro il becchime.

Di Käte, sulla terra scura, non vedevo che il biancore del volto e il fulgore stranamente azzurrino degli occhi, quando li volgeva in su. Anche le sue braccia erano bianche e nude. Quando la baciavo, essa piangeva perdutamente, e io sentivo il sapore delle sue lacrime. Avevo il capogiro, la cupola del cielo ondeggiava leggermente a destra e a sinistra, e Käte piangeva sempre più forte.

Ci pulimmo gli abiti della terra che vi s'era attaccata e ci avviammo lentamente al capolinea del 9. Vedemmo da lontano il tram che girava intorno al piazzale rotondo, schizzando scintille dal trolley.

«Comincia a far fresco», disse Käte.

«Sì», dissi io.

«Dove dormi stanotte?».

«Dai Block».

Seguimmo il viale che portava al tram, un viale malconcio dai bombardamenti.

Sedemmo in una taverna che si trova presso il capolinea del 9. Ordinai cognac per lei e per me, introdussi una moneta nella fessura del biliardino, feci scattare le palle di nichel nel canale di legno e le sparai fuori una alla volta. Le bilie sfioravano grandi molle d'acciaio, urtavano contro metallici contatti e producevano un armonioso tintinnio, mentre su un quadrante di vetro apparivano numeri rossi, verdi, azzurri. L'ostessa e Käte mi stavano a guardare e io, continuando a giocare, posai una mano sul capo di Käte. L'ostessa aveva incrociato le braccia e il suo largo volto era animato da un sorriso. Continuai a giocare e Käte stette a guardarmi. Entrò un uomo nella taverna, si arrampicò su di un sediolino del bar, posò la borsa dietro di sé, su un tavolo, e ordinò un bicchiere d'acquavite. Aveva la faccia sporca, le mani brune, e il celeste degli occhi sembrava più chiaro di quanto non fosse in realtà. Guardò la mia mano, che posava ancor sempre sui capelli di Käte, mi guardò in faccia e ordinò un secondo bicchiere d'acquavite. Poco dopo si trovava al mio fianco e giocava al biliardino accanto, un affare ben poco appariscente, dalla forma simile a una cassa automatica: una manovella, una fessura e un quadrante rossastro, sul quale apparivano, l'uno accanto all'altro, tre numeri. L'uomo introdusse una moneta, girò la manovella, i numeri cominciarono a girare, a girare, divennero per un attimo invisibili, poi si sentì per tre volte, l'una dopo l'altra, un duro schiocco, e sul quadrante rimasero i numeri, 1, 4 e 6.

«Niente», disse l'uomo e cacciò nella fessura un'altra moneta. Il disco dei numeri girò vorticosamente, poi «cloc», si sentì, «cloc», ancora «cloc»... un attimo di silenzio, e tutt'a un tratto dal muso d'acciaio della macchina piovvero giù alcune monete.

«Quattro», disse il tizio, mi sorrise e aggiunse: «Andiamo già meglio».

Käte si tolse la mia mano dai capelli e disse:

«Debbo andare».

Fuori il tram stava prendendo la curva, stridendo forte. Pagai i due cognac e accompagnai Käte alla fermata. La baciai prima che salisse, e lei mi mise la mano sulla guancia e continuò a salutarmi con la mano finché non la persi di vista.

Quando tornai alla taverna, l'uomo dalla faccia nera era ancora attaccato alla manovella. Ordinai un cognac, accesi una sigaretta e rimasi a guardarlo. Mi pareva di intuire qual era il giusto ritmo, appena i numeri cominciavano a girare sul quadrante, e avevo un soprassalto quando lo schiocco d'arresto si faceva sentire prima di quanto mi sembrasse il momento buono, mentre sentivo il tizio che mormorava: «Niente... niente... due... niente... niente... niente».

La pallida faccia dell'ostessa non sorrideva più quando l'uomo uscì imprecando dalla bettola e io mi feci cambiare un po' di danaro per mettere in azione la manovella. Non dimenticherò il momento in cui abbassai per la prima volta la leva, provocando il turbinare violento, quasi vertiginoso dei dischi, e quando sentii a tre riprese quel secco «cloc» e tesi l'orecchio nella speranza di udire il tintinnio delle monete cadenti: ma non uscì nulla.

Rimasi là un'altra mezz'oretta, bevetti acquavite e azionai la manovella, ascoltando in ansia il vorticoso ronzio dei dischi e i duri schiocchi dei loro improvvisi arresti. Quando uscii dalla taverna non avevo più un soldo e dovetti farmi a piedi quasi tre quarti d'ora di strada fino alla Escherstrasse, dove abitano i Block.

Da allora non entro che in taverne che abbiano un apparecchio di quelli, ascolto l'affascinante ritmo dei dischi, attendo il fatidico «cloc» e trasalisco ogni volta che i numeri si fermano sul quadrante senza che venga giù nulla.

I nostri appuntamenti sono regolati da un ritmo che non siamo ancora riusciti a penetrare. È un ritmo saltuario e irregolare, per cui accade spesso che la sera, prima di andarmi a rintanare da qualche parte, io faccia una capatina fino a casa nostra e chiami giù Käte con una scampanellata speciale, che abbiamo convenuta tra noi perché i bambini non si accorgano che mi trovo nelle vicinanze. Poiché lo strano, infatti, è questo, ch'essi sembrano volermi bene, sentire la mia mancanza, parlare di me, benché nelle ultime settimane della mia permanenza a casa io li abbia picchiati. Li picchiai così forte, che fui spaventato dall'espressione del mio volto, quando mi vidi improvvisamente nello specchio, coi capelli scarmigliati, pallido eppur tutto in sudore, intento a turarmi le orecchie per non sentire le grida del ragazzo, che avevo picchiato perché cantava. Un sabato pomeriggio Clemens e Carla mi sorpresero mentre aspettavo Käte sul portone di strada. Sussultai, notando che alla mia vista le loro facce avevano espresso una gioia improvvisa. Mi si precipitarono addosso, mi abbracciarono, mi chiesero se non ero malato, e io li seguii su per le scale. Ma appena varcai la soglia della nostra stanza fui ripreso dallo spavento, dall'orrendo alito della miseria. Né il sorriso del piú piccolo, che parve riconoscermi, né la gioia di mia moglie, nulla valse a calmare l'astiosa irritazione che mi prese subito alla gola, non appena i bambini cominciarono a ballare e a cantare. E me ne andai un'altra volta, prima che la mia esasperazione esplodesse.

Ma spesso, quando siedo in qualche gargotta, le loro facce emergono improvvise dinanzi a me tra bottiglie e bicchieri di birra, e non dimentico lo spavento che provai stamani riconoscendo i miei bambini in mezzo alla processione.

Saltai giù dal letto, mentre dal duomo attaccavano il coro finale, aprii la finestra e vidi la rossa figura del vescovo che camminava in mezzo alla folla.

Alla finestra che stava sotto la mia vidi i capelli neri di una donna la cui veste era coperta come di scaglie. La sua testa pareva posata direttamente sul davanzale. A un tratto si volse in su, dalla mia parte: era la faccia sottile dell'ostessa, dalla pelle lucida come il sego.

«Se volete mangiare», disse, «è ora».

«Sì», risposi, «vengo».

Mentre scendevo la scala, dalla banchina il cannone della fabbrica di dentifricio ricominciava a sparare.

VIII

La torta era riuscita bene. Quando la tolsi dal forno, il suo profumo dolce e caldo invase la nostra stanza. I bambini erano raggianti. Mandai Clemens a comperare la panna, ne riempii un tubetto e, per far piacere ai bambini, tracciai cerchietti, ghirigori e altri disegnini sulla superficie color prugna. Rimasi a guardare come leccavano la panna avanzata nella terrina e mi rallegrai della precisione con cui Clemens faceva le parti. Quando, alla fine, rimase soltanto un cucchiaino pieno, lo diede al piccolo che stava sul suo seggiolino e mi sorrideva, mentre io mi lavavo le mani, mi davo il rossetto nuovo.

«Resti fuori a lungo?».

«Sì, fino a domani mattina».

«Papà torna presto?».

«Sì».

La gonna e la camicetta erano appese nell'armadio di cucina. Mi cambiai nel ripostiglio di legno e sentii ch'era entrato il giovanotto che starà a far la guardia ai bambini: prende solo un marco all'ora, ma dalle quattro del pomeriggio alle sette della mattina dopo sono quindici ore, pari a quindici marchi, e in più bisogna fargli trovare le sigarette accanto alla radio. La radio me l'hanno imprestata gli Hopf.

Pare che questo Bellermann voglia bene ai bambini, ad ogni modo i bambini vogliono bene a lui, e ogni volta che torno dall'essere stata con Fred, mi raccontano i giochi che ha giocato con loro, le storie che ha loro narrato. Mi è stato raccomandato dal cappellano, sembra al corrente dei motivi per cui lascio i bambini, e corruga ogni volta un po' la fronte, quando vede le mie labbra tinte.

Infilai la camicetta, mi ravviai i capelli e passai nella stanza. Bellermann aveva portato con sé una ragazza, una mite biondina, che aveva già preso in braccio il più piccolo e si faceva girare il suo sonaglino intorno all'indice, cosa che pareva divertirlo molto. Bellermann me la presentò, ma io non afferrai il nome. Il suo sorriso, la straordinaria tenerezza verso il bambino avevano qualcosa di professionale, e lo sguardo mi diceva che mi considerava una madre snaturata.

Bellermann ha una capigliatura nerissima e ricciuta, una pelle sebacea e tiene il naso sempre arricciato.

«Possiamo uscire coi bambini?», mi chiese la ragazza, e io vidi lo sguardo implorante di Clemens, il cenno del capo di Carla e dissi di sì. Cercai nella borsetta qualche spicciolo per la cioccolata, ma la ragazza non li volle prendere.

«Non abbiatevene a male, vi prego», disse. «Ma se permettete, la cioccolata vorrei pagarla io».

«Certo che lo permetto», risposi, rimisi nella borsetta il danaro e mi sentii una miserabile di fronte a quella giovane, fiorente creatura.

«Lasciate fare a Gulli», disse Bellermann. «Va pazza per i bambini».

Guardai i miei piccoli, l'uno dopo l'altro: Clemens, Carla, l'ultimo nato, e sentii venirmi su le lacrime. Clemens mi fece un affettuoso cenno del capo e disse: «Vai pure, mamma, andrà tutto bene. Non ci avvicineremo all'acqua».

«Per favore», dissi alla ragazza, «non portateli vicino all'acqua».

«No no», rispose Bellermann, e risero tutti e due.

Bellermann mi aiutò a mettermi il pastrano, io presi la borsetta, baciai i bambini e li benedissi. Ormai sentivo di essere di troppo.

Fuori mi fermai un attimo davanti alla porta, sentii che dentro ridevano e cominciai a scendere lentamente la scala.

Erano appena le tre e mezzo, e le strade erano ancora deserte. Alcuni bambini giocavano a saltare a piè zoppo. All'avvicinarsi del mio passo, alzavano gli occhi a guardarmi. In questa strada, abitata da centinaia di persone, non si sentivano che i miei passi: solo dal fondo della via giungeva lo scialbo strimpellare di un pianoforte, e dietro una cortina che ondeggiava dolcemente vidi una donna anziana dal viso giallognolo, con in braccio un cagnetto obeso. Ogni volta che alzo gli occhi, benché si stia ormai qui da otto anni, mi viene il capogiro: i muri grigi, sudiciamente rappezzati, sembrano inchinarsi, e su e giù lungo il sottile vicolo grigio del cielo correva il magro strimpellio del pianoforte, e prigioniere parevano le note, spezzata la melodia che un pallido dito di fanciulla cercava e non trovava. Accelerai il passo, oltrepassando in fretta i bambini, il cui sguardo mi pareva contenere una minaccia.

Fred non dovrebbe lasciarmi sola. Benché goda di trovarmi con lui, mi spaventa il fatto di dover abbandonare i bambini per potergli stare insieme. Ogni volta che gli chiedo dove abita, mi risponde evasivamente: questi Block presso i quali, a quanto dice, dimora da un mese, mi sono sconosciuti e Fred me ne nasconde l'indirizzo. Talvolta, la sera, ci troviamo per un breve incontro di una mezz'oretta in qualche caffè, mentre la padrona di casa sorveglia i bambini. Allora ci abbracciamo frettolosamente alla fermata di un tram, e quando io salgo in vettura Fred resta a terra e mi saluta con la mano. Ci sono notti in cui, stesa sul nostro divano-letto, piango nel profondo silenzio che mi circonda. Sento il respiro dei bambini, il piccolo che si muove, irrequieto, perché comincia a mettere i dentini, e prego piangendo, mentre intorno a me sento che il tempo passa in un sordo macinare. Avevo ventitré anni, quando ci sposammo... Da allora sono trascorsi quindici anni, rotolati, scivolati via senza che me ne avvedessi, ma non ho che da guardare le facce dei miei bambini per rendermi conto che ogni anno aggiunto alla loro vita viene sottratto alla mia.

Al Tuckhoffplatz presi l'autobus, guardai le strade tranquille in cui solo qua e là, davanti a un botteghino di tabaccaio, si vedevano due o tre persone, scesi alla Benekamstrasse e andai alla porta maggiore della chiesa dei Sette Dolori, per vedere quando c'era una Messa pomeridiana.

Il portico era buio, cercai i fiammiferi nella borsa, rovistai tra sigarette sciolte, il rosso per le labbra, il fazzoletto, l'occorrente per lavarsi, trovai finalmente la scatola e accesi un fiammifero. Sussultai, spaventata: a destra, nella nicchia scura, c'era qualcuno, qualcuno che non si muoveva. Tentai di dare una voce, qualcosa come un «olà», ma la mia voce era rimpicciolita dalla paura e un violento batticuore mi soffocava. Quella figura, là nel buio, restava immobile, reggendo tra le mani qualcosa che pareva un bastone. Gettai via il cerino consumato, ne accesi un altro, e anche dopo aver visto ch'era una statua il mio batticuore non scemò. Mi avvicinai di un altro passo, e ravvisai in quel barlume un angelo di pietra dai capelli ondeggianti, che teneva in mano un giglio. Mi piegai in avanti, finché il mio mento sfiorò quasi il petto della figura, e contemplai a lungo il viso dell'angelo. Il volto e i capelli erano coperti di uno spesso strato di polvere, e anche nelle cieche cavità degli occhi c'erano grumi nerastri. Li soffiai via pian piano, liberai tutto il soave ovale del volto dalla polvere, e a un tratto mi accorsi che il sorriso era di gesso e che col pattume era sparito anche il fascino di quel viso sorridente. Pure, continuai a soffiare, ripulii l'abbondante capellatura, il petto, la veste ondeggiante, nettai a piccoli soffi appuntiti anche il giglio, e la mia gioia si andò spegnendo, man mano che i vividi colori si rivelarono e si scopriva quell'orrenda vernice dell'industria degli oggetti di pietà. Alla fine voltai lentamente le spalle alla statua ed entrai più addentro nel porticato, per cercare gli avvisi sacri. Accesi un altro fiammifero, vidi in fondo il mite rossore della lampada perpetua e sobbalzai di nuovo, quando mi trovai davanti alla lavagna: stavolta mi si accostava davvero qualcuno per didietro. Mi voltai e sospirai di sollievo, vedendo la pallida, tonda faccia contadinesca di un sacerdote. Si fermò dinanzi a me, con gli occhi tristi. Il mio fiammifero si spense e lui, al buio, mi chiese: «Cercate qualcosa?».

«Una Messa», risposi. «Dove dicono ancora una Messa, stasera?».

«Una santa Messa», corresse lui. «In duomo, alle cinque».

Non vidi che i suoi capelli, biondi, quasi opachi, gli occhi che brillavano un po' velati, sentii fuori il tram che prendeva la curva stridendo, due o tre macchine che suonavano il clackson, e a un tratto dissi in quel buio:

«Vorrei confessarmi». Ne provai spavento io stessa, ma mi sentii anche sollevata. Il prete, quasi se lo fosse aspettato, disse:

«Venite con me».

«No, qui, per favore», dissi.

«Non è possibile», replicò lui pacato. «Tra un quarto d'ora cominciano i vespri, potrebbe venir gente. Il confessionale è dentro». Mi aveva attratta l'idea di dir tutto al prete in quello scuro atrio dove tirava corrente d'aria, vicino all'angelo di gesso, volgendo gli occhi alla lontana lampada perpetua, di bisbigliare le mie cose in quel buio, e di ricevere, sempre in un bisbiglio, l'assoluzione.

Lo seguii docilmente in cortile, e l'irruente entusiasmo che m'aveva afferrato per un attimo mi abbandonò di colpo quando dalle muraglie della chiesa ci avviammo, tra sassi disseminati da ogni parte e massi di pietra arenaria, verso la piccola casa grigia che si trova accanto al muro del deposito tranviario, dal quale si spandevano nel pomeriggio domenicale i metallici rintocchi dei martelli. Quando si aprì la porta, vidi la faccia grossolana e sbalordita della perpetua, che mi squadrò diffidente.

L'andito era buio e il prete mi disse: «Aspettate un momento, per favore».

Da non so dove, forse da dietro qualche angolo che non potevo vedere, sentivo venire un rumore di stoviglie, e a un tratto riconobbi il ripugnante odore dolciastro che stagnava nell'andito, e di cui s'era evidentemente impregnata anche l'umida tappezzeria di iuta: dall'angolo dietro il quale doveva trovarsi la cucina veniva un caldo profumo di rape. Finalmente da una porta cadde nell'andito un po' di luce, e in quel barlume biancastro riconobbi l'ombra del prete. «Venite», mi disse.

Mi avvicinai esitante. La camera era orrenda: dietro una tenda rossiccia ci doveva essere un letto, mi pareva di sentirne l'odore. Scansie di diverse dimensioni erano attaccate alle pareti, e alcune pendevano da una parte. Intorno a una tavola gigantesca, distribuite senz'ordine, c'erano alcune preziose seggiole antiche con spalliere di velluto nero. Sulla tavola c'era qualche libro, un pacchetto di tabacco, carta da sigarette, un cartoccio di carote e diversi giornali. Il sacerdote si mise dietro la tavola, mi fece cenno di accostarmi, e intanto avvicinò una sedia al cui schienale era inchiodata una grata, mettendola di traverso rispetto alla tavola. La sua faccia, ora che la vedevo in piena luce, mi piaceva.

«Dovete scusare», disse con un'occhiata verso la porta e chinando leggermente il capo. «Noi siamo gente di campagna, e non riesco a farle capire di non cuocere le rape. È molto più caro che se le comprasse già cucinate, se calcola il carbone, la sporcizia, l'odore, il lavoro che richiede, ma non riesco a convincerla... Venite». Accostò alla tavola la sedia con la grata, vi sedette e mi accennò di appressarmi. Io girai intorno alla tavola e sedetti accanto a lui.

Il prete si mise la stola, e appoggiò le braccia alla tavola. Il modo con cui si coprì il profilo con la mano aveva qualcosa di professionale e di meccanico. Nella grata c'erano alcune maglie rotte: quando cominciai a sussurrare: «Nel nome del Padre, del Figliuolo e dello Spirito Santo...», vidi che lui gettava un'occhiata all'orologio da polso, seguii il suo sguardo e vidi che erano le quattro e tre minuti. Cominciai a parlare, bisbigliai nel suo orecchio tutta la mia paura, tutto il mio dolore, tutta la mia vita, la mia paura del piacere, la paura di ricevere la santa Comunione, l'inquietudine del nostro matrimonio. Gli dissi che mio marito mi aveva abbandonata, che lo incontravo solo di tanto in tanto per stare un poco con lui... Quando m'impuntavo un attimo, lui dava un'occhiata all'orologio, e io seguivo ogni volta il suo sguardo e vedevo che la lancetta non avanzava che assai lentamente. Poi alzò le palpebre, vidi i suoi occhi, le dita gialle di nicotina. Quindi riabbassò gli occhi e disse: «Continuate». Lo disse con dolcezza, eppure ne provai dolore, come si prova dolore quando una mano esperta fa uscire il pus da una ferita.

Continuai a bisbigliargli nell'orecchio, gli raccontai tutto di due anni fa, quando Fred e io ci mettemmo a bere, gli parlai della morte dei miei bambini, dei bambini viventi, di quello che ci tocca sentire dalla stanza attigua degli Hopf e di quello che gli Hopf hanno sentito di noi. E mi fermai un'altra volta. E lui guardò di nuovo l'orologio, io seguii anche adesso il suo sguardo e vidi ch'erano appena le quattro e sei minuti. Lui alzò ancora le palpebre, disse dolcemente: «Continuate» e io bisbigliai più in fretta, gli parlai del mio odio per i preti che abitano in grandi case e hanno facce da pubblicità di crema per la pelle, della signora Franke, della nostra impotenza, della nostra sporcizia, e per ultimo gli dissi che probabilmente ero daccapo incinta.

Quando tacqui ancora, lui non guardò più l'orologio, alzò le palpebre mezzo secondo più del solito, mi chiese: «È tutto?». Io dissi: «Sì», e guardai il suo orologio che avevo proprio davanti agli occhi, perché lui s'era tolte le mani dal viso e le aveva intrecciate sull'orlo della tavola: erano le quattro e undici. Guardai involontariamente dentro le sue larghe maniche flosce, vidi il nerboruto e peloso braccio da contadino, la camicia arrotolata verso il gomito e pensai: «Perché non si tira giù le maniche?».

Il prete sospirò, si riportò le mani al viso e mi domandò sottovoce: «Ma voi pregate?». Risposi: «Sì», gli dissi che me ne sto sdraiata per notti intere sul nostro miserabile divanoletto a recitare tutte le preghiere che ricordo, e spesso accendo una candela per non svegliare i bambini e leggo nel libro le preghiere che non so a memoria.

Lui non mi chiese altro, e tacqui anch'io, guardando il suo orologio da polso: erano le quattro e quattordici, e di fuori sentivo i colpi di martello al deposito tranviario, il canterellare della governante in cucina, il tonfar cupo di un treno alla stazione.

Finalmente si tolse le mani dal volto, le intrecciò sulle ginocchia e disse, senza guardarmi: «Voi avete paura del mondo, ma non temete, io il mondo l'ho vinto. Lo capite, questo?». Poi, senza attendere risposta, continuò: «Entrate per la porta stretta, perché larga è la porta e spaziosa la via che conduce alla perdizione, e molti sono quelli che vi entrano. Quanto angusta è la porta e stretta la via che conduce alla vita, e quanto pochi coloro che la trovano!».

Tacque, si riportò le mani sul volto e mormorò tra le dita: «Stretta... la piú stretta via che conosciamo è la lama di un coltello e mi pare che voi ci stiate camminando...». Poi, di colpo, abbassò le mani e mi guardò, per meno di un secondo, attraverso lo strappo della grata, e io mi spaventai della severità dei suoi occhi, che mi erano parsi così benigni. «Vi ordino», disse, «vi ordino di sentir la santa Messa celebrata dal vostro parroco, che voi odiate tanto, e di ricevere dalle sue mani la santa Comunione, quando», mi guardò un'altra volta, «quando sarete assolta».

Tacque ancora, parve meditare per conto suo, e mentre io mi sforzavo di dire in cuor mio tutte le preghiere, tutte le giaculatorie che conosco, sentii venire dal deposito il sibilo dei saldatori e, improvvisamente, i rintocchi delle campane della sua chiesa. Erano le quattro e un quarto.

«Non so se posso assolvervi, dobbiamo aspettare. Mio Dio», disse più intensamente, e il suo sguardo, adesso, non era più severo, «come potete odiare a quel modo?». Fece un gesto di smarrimento, mi si rivolse: «Posso benedirvi... ma mi dovete scusare, bisogna che ci pensi su, forse dovrò consultarmi con un confratello. Potreste, stasera...? Ah già, vi trovate con vostro marito. Dovete fare in modo che vostro marito torni a stare con voi».

Ero molto triste perché non mi voleva assolvere, e dissi:

«Vi prego, assolvetemi». Lui sorrise, alzò la mano a mezz'aria e disse: «Vorrei poterlo fare, visto che lo desiderate tanto, ma ho davvero i miei dubbi. Non sentite più odio?». «No no», risposi subito. «Mi rende solo triste». Parve esitare, e io non sapevo che fare. Se avessi continuato a insistere, forse avrebbe ceduto, ma io volevo essere assolta sul serio, e non solo in seguito alle mie insistenze.

«Sotto condizione», disse allora, e tornò a sorridere. «Potrei assolvervi sotto condizione... sono così incerto... ma ammesso che io ne abbia il potere, potrei...». Le sue mani gesticolavano impazienti davanti al mio viso: «Col vostro odio voi giudicate... e noi non possiamo giudicare, non possiamo odiare. No». Scosse energicamente il capo, poi lo posò sulle mani aperte sull'orlo della tavola, pregò un attimo, quindi si rizzò di colpo e m'impartì l'assoluzione. Mi feci il segno della croce e m'alzai.

Il prete rimase accanto al tavolo, mi guardò in faccia e io improvvisamente ebbi pietà di lui, prima ancora che cominciasse a parlare.

«Posso soltanto...», ma spazzò via le parole, con un gesto della mano. «Credete forse che non lo senta anch'io quest'odio, io che son prete? Lo sento qui», e si batté sulla veste nera un po' più giù del cuore, «l'odio contro i miei superiori, certe volte. Qui», disse e accennò alla finestra, «nella mia chiesa vengono celebrate le Messe dei preti di passaggio. Vengono dagli alberghi qua intorno, uomini curati e puliti che vanno a un congresso, tornano da un congresso, si lamentano della sporcizia, della scarsità di chierichetti... qui si celebrano le Messe di dieci, di tredici, di venti minuti, e quelle normali di venticinque. Cinque, dieci, spesso quindici al giorno. Non potete credere quanti preti viaggino, chi va alle acque, chi ne ritorna... e di congressi ce n'è a non finire.

Quindici Messe, cui non assistono complessivamente cinque fedeli. Qui», disse, «si battono tutti i primati, il totalizzatore segna quindici a cinque... Dio mio, perché li dovrei odiare, quei poveri preti che lasciano nella mia sacrestia scalcinata un profumo di stanza da bagno da albergo di lusso?». Distolse lo sguardo dalla finestra, rivolgendosi di nuovo a me, mi porse un taccuino e una matita di sopra il tavolo, io scrissi il mio indirizzo e mi accomodai il cappello che m'era scivolato da una parte.

Bussarono più volte energicamente all'uscio.

«Sì sì, ho capito», rispose lui. «I vespri, ora vengo».

Mi salutò stringendomi la mano, mi guardò con un sospiro e mi accompagnò alla porta.

Passai lentamente davanti al portone della chiesa e mi diressi verso il sottopassaggio. Due donne e un uomo andavano in chiesa per la benedizione, dirimpetto alla chiesa c'era un grande striscione bianco con su scritto in lettere rosse:

«Che cosa sei senza il tuo droghiere?».

L'orlo di una nuvola scura scivolò, su in cielo, oltre il sole, lo scoprì del tutto, ed ecco il sole dietro la grande O di «droghiere» riempirlo tutto di luce gialla. Andai oltre. Mi passò accanto un ragazzino con un libro di preghiere sotto il braccio, poi la strada rimase deserta. La fiancheggiavano chioschetti e macerie, e di dietro le facciate arse sentivo i rumori del deposito tranviario.

Mi fermai, colpita da una calda fragranza di dolciumi appena sfornati, guardai a destra, dentro la porta spalancata di un casotto di legno, dal quale uscivano nuvolette di fumo biancastro. Sulla soglia sedeva in pieno sole un bambino, e ammiccava verso il cielo. La sua espressione di mite idiozia, le palpebre arrossate che alla luce del sole mi sembravano diafane, mi intenerirono dolorosamente. Teneva in mano un krapfen freschissimo, s'era impiastricciato di zucchero tutt'intorno alla bocca, e quando addentò il dolce ne sgorgò un getto di marmellata marroncina che gli gocciò sul pullover. Dentro, china su un pentolone, vidi una ragazza: il viso era bello, la cute delicata come un velo di cipolla, e benché avesse i capelli coperti da un fazzoletto vidi che doveva essere bionda. Andava pescando una frittella dopo l'altra dallo strutto fumante e le deponeva su una graticola, finché a un tratto alzò lo sguardo, i nostri occhi s'incontrarono ed essa mi sorrise. Quel sorriso mi affascinò, io sorrisi a mia volta, e così rimanemmo immobili per qualche secondo. Ma mentre in realtà non vedevo che lei, mi pareva, come da un'immensa distanza, di vedere anche me stessa, di vederci tutte e due l'una di fronte all'altra, intente a sorriderci come sorelle. Ma poi abbassai gli occhi quando ricordai che non avevo danaro per acquistare uno di quei suoi dolci, il cui profumo mi aveva risvegliato l'appetito. Guardai il ciuffo bianchiccio dell'idiota e rimpiansi di non aver portato un po' di danaro. Non ne porto mai con me quando m'incontro con Fred, perché lui non sa resistere alla vista del danaro e di solito m'induce a bere. Vidi il collo grasso del deficiente, la faccia cosparsa di grumetti di zucchero, e sentii qualcosa come l'invidia nel contemplare quelle sue labbra dolcemente socchiuse.

Quando rialzai lo sguardo, la ragazza aveva spinto in disparte la pentola, e si stava sciogliendo il nodo del fazzoletto che le copriva il capo: se lo tolse, e i suoi capelli traboccarono alla luce del sole. E mi parve di vedere ancora una volta non solo lei, ma anche me stessa come dalla cima di un'altura, la strada sudicia, fiancheggiata da macerie, il portone della chiesa, lo striscione, e me stessa, ferma sulla soglia di quella baracca: magra e triste, ma sorridente.

Passando accanto all'idiota, entrai circospetta nella bottega. In un angolo sedevano a un tavolo due bambini, e vicino al focolare un vecchio con la barba di qualche giorno, che stava leggendo il giornale, ma poi lo abbassò e mi guardò in faccia.

La fanciulla stava accanto alla macchina del caffè espresso, si guardava allo specchio e si riordinava i capelli. Osservai le sue bianche piccole mani infantili e vidi ora, nello specchio, presso il suo fresco visino che mi sorrideva, la mia stessa faccia: scarna, un po' giallastra, con la fiamma rossocupa dalla bocca tinta che si assottigliava ai due lati. Il mio sorriso, benché mi uscisse dal didentro, quasi mio malgrado, mi appariva falso. Poi, tutt'a un tratto, parve che le nostre due teste si scambiassero di posto, lei aveva la mia e io la sua... E vidi me stessa, giovinetta, intenta a riordinarmi i capelli davanti allo specchio... Vidi lei, la fanciulla, aperta a un uomo, ch'essa amerebbe, che inietterebbe in lei la vita e la morte, lasciandole sul viso le impronte di ciò che lui chiamerebbe amore, fino a renderglielo simile al mio: scarno e ingiallito dall'amarezza dell'esistenza.

Ma lei si voltò, coprì il mio volto nello specchio, e io mi spostai a destra, abbandonandomi al suo fascino.

«Buon giorno», dissi.

«Buon giorno», rispose. «Volete qualche frittella?».

«No, grazie», dissi.

«Perché, non mandano un buon profumo?».

«Oh sì», ammisi, e tremai al pensiero dell'ignoto cui sarebbe appartenuta. «Un profumo squisito... ma sono uscita senza soldi».

Quando dissi «soldi» il vecchio vicino alla stufa si alzò, venne dietro al banco, si fermò accanto alla ragazza e disse: «Che importa? Potete pagare più tardi. Vorreste qualche frittella, vero?».

«Sì», risposi.

«Sedetevi, prego», disse la ragazza.

Arretrai di qualche passo e sedetti al tavolo accanto ai bambini.

«Anche un po' di caffè?», domandò la ragazza.

«Sì, per favore».

Il vecchio ammonticchiò tre frittelle su un piatto e me le portò, rimanendo poi in piedi presso il mio tavolo.

«Tante grazie», dissi. «Ma non mi conoscete nemmeno».

Mi sorrise, si tolse le mani di dietro la schiena, se le congiunse sul ventre, impacciato, e mormorò: «Oh, non vi preoccupate». Accennai col capo all'idiota, che sedeva sempre sulla soglia: «È vostro figlio?».

«Mio figlio», confermò a mezza voce, «e quella è mia figlia». Gettò uno sguardo alla ragazza, che stava dietro il banco, maneggiando la leva della macchina per il caffè espresso.

«Il linguaggio degli uomini mio figlio non lo capisce», disse il vecchio, «e nemmeno quello degli animali. Non sa dire una sola parola, soltanto dsu-dsa-dse. E noi», la sua lingua, che gli s'era arricciata all'insù per formare quei suoni, si riappiattì in bocca, «noi lo imitiamo: duri e incapaci, e diciamo zu-za-ze. Siamo incapaci, noi», disse piano. Poi alzò di colpo la voce, chiamò: «Bernhard», e l'idiota girò pesantemente la testa, lasciandola poi subito ricadere in avanti. Il vecchio chiamò ancora una volta: «Bernhard», il bambino si voltò di nuovo, poi la sua testa ritombolò in avanti come un pendolo, e allora il vecchio andò da lui, lo prese con delicatezza per mano e lo condusse accanto al tavolo. Sedette sulla seggiola vicino a me, prese il bambino in grembo e mi chiese a bassa voce:

«O forse vi fa impressione? Ditelo pure, sapete».

«No», risposi. «Non mi fa impressione». La figlia portò il caffè, mi posò davanti la tazza e rimase ritta accanto al padre.

«Dovete dirlo se vi fa ribrezzo, noi non ce l'abbiamo mica a male, agli altri di solito lo fa».

Il bambino era ciccioso, impiastricciato, fissava dinanzi a sé con occhi opachi, ciangottando il suo «dsu-dsa-dse». Lo guardai attentamente, poi rialzai la testa e dissi: «No, non mi fa ribrezzo... è come un lattante». Portai la tazza alle labbra, bevetti il caffè, presi un boccone di frittella, e dissi: «È molto buono il vostro caffè».

«Davvero?», esclamò la ragazza. «Davvero? Me l'ha detto un uomo, stamattina... Prima di allora non me l'aveva mai detto nessuno».

«È buono davvero», ripetei, bevetti un altro sorso, addentai la frittella. La ragazza si appoggiò alla spalliera della seggiola su cui sedeva il padre, mi guardò in faccia, poi guardò lontano, al dilà di me.

«Certe volte», disse, «cerco di immaginare che cosa sente, come vive... di solito è così tranquillo, così felice... forse non vede che verde e marrone, due colori soli... forse l'aria per lui è come acqua, acqua verde, dove lui si muove tanto a fatica... acqua verde, che talvolta si tinge di bruno, solcata da strisce nerastre, come nei vecchi film... a volte, poi, si mette a piangere, ed è terribile, quando sente certi rumori, lo stridio del tram, il fischio acuto della radio... quando sente quei rumori, si mette a piangere».

«Oh», dissi, «piange?».

«Sì», rispose lei, e il suo sguardo tornò da lontano, ed essa mi guardò, ma senza sorridere. «Piange spesso; e sempre, poi, quando sente quei rumori così acuti. Allora piange dirottamente e le lacrime gli bagnano l'impiastricciatura che ha sempre intorno alla bocca. Non mangia che dolci, latte e pane... tutto quel che non è dolce, che non è latte o pane, lo rigetta. Oh, scusate», disse, «ora vi ho nauseata, vero?».

«No», risposi. «Continuate a parlarmi di lui».

Guardò ancora al dilà della mia persona e posò la mano sul capo dell'idiota. «Come gli riesce difficile muovere la testa, il corpo contro la corrente d'aria, così dev'essere terribile, per lui, sentire quei suoni. Forse ha sempre nell'orecchio un dolce rombare d'organi, una melodia bruna che sente lui solo... forse sente una tempesta che fa stormire alberi invisibili. Sente vibrare corde dello spessore di un braccio... un cupo ronzio che lo chiama, e che viene distrutto».

Il vecchio la stava ad ascoltare rapito, cingeva con le mani il corpo dell'idiota e non badava affatto che zucchero e marmellata gli stessero cadendo sulla manica della giacca. Io bevvi un altro sorso di caffè, masticai un altro boccone di frittella e domandai piano alla ragazza: «Come fate a saperlo?». Lei mi guardò, sorrise e disse: «Oh, io non so niente... ma forse... ci dev'essere qualcosa, in lui, che non conosciamo, e io tento di immaginarmelo... Talvolta succede anche che si mette a strillare di colpo, così all'improvviso, e allora corre verso di me, e io lascio scorrere le sue lacrime nel mio grembiule... proprio tutt'a un tratto, mentre siede sulla soglia... Penso allora che veda improvvisamente le cose come le vediamo noi... di colpo... solo per un mezzo secondo, e che lo invada come un terrore: gli uomini, come li vediamo noi, le macchine, i tram... tutti i rumori. Allora piange a lungo».

I bambini che sedevano nell'angolo si alzarono, spinsero in là i loro piatti, ci passarono accanto, e una vispa ragazzina col berretto verde avvertì: «Mettete in conto, per favore. L'ha detto la mamma».

«Va bene», disse il vecchio e guardò loro appresso con un sorriso.

«Vostra moglie...», chiesi sottovoce. «La sua mamma è morta?».

«Sì», rispose lui, «è morta... una bomba la squarciò in mezzo alla strada, strappandole di braccio il bambino, che cadde su una balla di paglia e fu trovato che strillava da spezzare il cuore».

«Ma era già di nascita...?», chiesi esitante.

«Sì, di nascita», rispose la ragazza. «È sempre stato così. Accanto a lui tutto scorre, scorre via senza lasciar traccia. Non lo raggiungono che le nostre voci, gli organi in chiesa, lo stridere acuto dei tram e le preghiere dette in coro dai frati. Ma perché non mangiate? Oh, non negatelo, vi fa nausea».

Presi l'ultima frittella, scossi il capo e domandai: «I frati li sente, voi dite?».

«Sì», rispose dolcemente. «Credo che li senta. Quando vado dai frati, al Bildonerplatz, sapete... e lui li sente salmodiare in coro... be', la sua faccia si trasforma, si assottiglia, si fa quasi severa... io ogni volta me ne spavento... e lui sta a sentire, lo so, li ascolta, tende l'orecchio, e allora cambia completamente, sente la melodia di quelle preghiere e piange quando i frati smettono. Vi fa meraviglia, no?», disse sorridendo. «Mangiate, dunque».

Ripresi in mano la frittella, vi morsi dentro, sentii la marmellata calda squagliarmisi in bocca.

«Dovete andarci spesso con lui», dissi, «al Bildonerplatz».

«Oh sì», confermò lei, «ce lo porto spesso, benché mi spaventi tanto. Volete un altro po' di caffè?».

«No, grazie», risposi, «debbo andare». La guardai titubante, guardai anche l'idiota, e dissi a bassa voce: «Vorrei vederlo, una volta».

«In chiesa?», domandò lei. «Dai frati?».

«Sì».

«Oh, ma allora venite... peccato che dobbiate andarvene... Ma tornerete, vero?».

«Sì, tornerò», dissi. «Del resto debbo ancora pagare».

«Non per questo, vi prego... Ma tornate». Il vecchio annuì alle sue parole. Io mandai giù l'ultimo sorso di caffè, mi alzai e mi feci cadere dal pastrano le briciole.

«Ritornerò», dissi. «Si sta bene qui da voi».

«Oggi stesso?», domandò la ragazza.

«Oggi no», risposi, «ma presto, forse domani mattina... e poi spesso... Dai frati verrò anch'io».

«Sì», disse lei. Mi porse la mano, io la tenni un attimo, quella sua leggerissima mano bianca, guardai la sua faccia fiorente, sorrisi e feci un cenno di saluto al vecchio. «Bernhard», sussurrai all'idiota, che sbriciolava tra le dita la sua «bomba»; ma lui non mi sentì, parve non vedermi nemmeno: aveva le palpebre quasi del tutto chiuse, quelle sue palpebre rosse e infiammate.

Mi staccai da loro e mi avviai verso l'oscuro sottopassaggio che porta alla Bahnhofstrasse.

IX

Quando scesi abbasso, stavano portando via pile di piatti dai tavoli, c'era odore di gulasch freddo, di insalata e di budino addolcito artificialmente. Sedetti in un angolo e stetti a guardare due giovanotti che giocavano coi biliardini automatici. Il tintinnio argentino delle bilie di nichel che urtavano i contatti, il turbinare dei dischi dietro i quadranti e quel caratteristico schiocco d'arresto destarono in me una certa eccitazione. Il cameriere puliva i tavoli a colpi di tovagliolo, e la magra ostessa stava inchiodando sopra il banco un gran cartello che diceva: «Stasera si balla. Ingresso libero».

Al tavolo accanto al mio sedeva un vecchio con un loden e un cappello da cacciatore, la cui pipa fumava nel portacenere. Il vecchio teneva il cappello verde in capo e sforchettava nel suo gulasch rossiccio.

«Il signore desidera?», domandò il cameriere. Alzai gli occhi a guardarlo e la sua faccia non mi riuscì nuova.

«Che cosa avete?».

«Gulasch», elencò lui, «costolette di maiale, patate, insalata, frutta... e per cominciare, se volete, una minestra».

«Portatemi un gulasch», dissi, «e prima un piatto di minestra, e anche un grappino».

«Va bene».

Il mangiare era forte e bollente. Sentivo, ora, di aver fame, mi feci portare un po' di pane e lo intinsi nel sugo fortemente drogato.

Poi mi feci portare un altro bicchierino d'acquavite. I due giovinastri giocavano ancora. Uno di loro aveva i capelli ritti sul cocuzzolo.

Pagai, attesi ancora qualche minuto, ma i biliardini rimasero occupati. Guardai ancora una volta attentamente in faccia al cameriere: quella faccia pallida, quei capelli bianchicci dovevo già averli visti da qualche parte.

Al banco comprai le sigarette. L'ostessa mi guardò in faccia e domandò: «Vi fermate tutta la notte?».

«Sì», risposi.

«Per favore, vorreste pagare anticipato? è una...», mi sorrise in una smorfia. «Per noi è più sicuro, sapete, così vicini alla stazione, e voi siete senza bagaglio».

«Naturale». Cavai di tasca il danaro.

«Otto marchi», disse lei e inumidì la punta del lapis copiativo per scrivermi la ricevuta. «Aspettate qualcuno?», mi domandò nel consegnarmi il biglietto.

«Sì, mia moglie», risposi.

«Ho capito», disse lei e mi diede le sigarette. Io le allungai un marco e tornai su in camera.

Rimasi disteso a lungo sul letto, ruminando pensieri e fumando, senza sapere nemmeno a che cosa pensassi, finché mi resi conto che stavo cercando di identificare la fisionomia del cameriere. Non riesco mai a dimenticare una faccia: mi vengono tutte dietro e appena riaffiorano le riconosco. Se ne vanno diguazzando nel mio subcosciente, specie quelle che ho appena visto una volta di sfuggita, nuotano attorno come confusi pesci grigi tra le alghe di un torbido stagno. Talvolta le loro teste salgono fin quasi al pelo dell'acqua, ma non emergono definitivamente che quando le rivedo nella realtà. Cercai inquieto di qua e di là in quel brulicame in fondo allo stagno, tirai su di scatto la lenza ed eccolo là, il cameriere:

un soldato la cui barella si era trovata per un minuto accanto alla mia in un centro di raccolta per feriti di guerra. Dalle bende che gli fasciavano la testa ricordo che uscivano i pidocchi, avvoltolandosi tanto nel sangue rappreso quanto in quello ancor fresco, insinuandosi attraverso il collo nei sottili capelli bianchicci, attraversandogli la faccia, ardimentosi animaletti che gli davano la scalata alle orecchie, ne sdrucciolavano giù, si riprendevano sulla spalla e scomparivano dentro il lercio colletto. Un affilato volto sofferente, che avevo veduto a tremila chilometri di distanza e che ora mi portava indifferente un piatto di gulasch.

Mi fece piacere di saper dove collocare quell'uomo. Mi rivoltai su un fianco, trassi i soldi di tasca e li contai sul guanciale: avevo ancora sedici marchi e ottanta pfennige.

Quindi scesi ancora una volta nella taverna, ma i due giovinastri occupavano sempre i biliardini. Uno di loro sembrava aver tutta una tasca della giacca piena di spiccioli, e difatti gli pendeva in giù, e lui vi cacciava dentro la mano, frugando tra le monete. Degli altri non era rimasto che l'uomo col cappello da cacciatore, che beveva birra e leggeva il giornale. Io bevetti un bicchier d'acquavite, guardando la faccia senza pori dell'ostessa, che sedeva su un alto sgabello e sfogliava una rivista.

Tornai su un'altra volta, mi sdraiai sul letto, fumai e pensai a Käte e ai bambini, alla guerra e ai due piccoli morti, dei quali il prete ci assicura che sono in paradiso. Penso ogni giorno a quei bambini, ma oggi penso a loro più a lungo del solito; nessuno che mi conosca, nemmeno Käte, crederebbe quanto spesso io li ricordi. La gente mi considera un uomo incostante, che ogni tre anni cambia lavoro, da quando i soldi lasciatigli da suo padre sono andati in fumo, che anche invecchiando non acquista un po' di stabilità, è indifferente verso la propria famiglia e beve ogni volta che ha il danaro per farlo.

Ma in realtà non bevo che di rado, nemmeno una volta al mese, e veramente ubriaco non lo sono che una volta ogni tre mesi. Sicché talvolta mi chiedo: Che penserà mai la gente che faccia nei giorni in cui non bevo, e che sono ventinove su trenta? Vado molto a spasso, cerco nelle ore libere di guadagnare un po' di quattrini, col riesumare vecchie nozioni scolastiche che rivendo a tartassati alunni delle scuole medie. Me ne vado a zonzo per la città, di solito fino agli estremi sobborghi e, se sono ancora aperti, visito i cimiteri. Cammino tra i cespugli tagliati con cura, tra le aiuole ben tenute, leggo le lapidi, i nomi, mi lascio penetrare da quel profumo sepolcrale e sento il cuore che trema nella certezza che anch'io, un giorno, finirò laggiù. Un tempo, quando avevamo ancora i soldi, si viaggiava parecchio: ma già allora, nelle città straniere, facevo quel che faccio oggi qui, dove intendo fermarmi: me ne stavo sdraiato a fumare sui letti d'albergo, o passeggiavo senza meta, entravo di tanto in tanto in una chiesa, ne uscivo e mi spingevo fino agli ultimi quartieri della periferia, dove si trovano i cimiteri. Bevevo in gargotte da strapazzo, mi legavo d'amicizia, nel cuor della notte, con gente sconosciuta che sapevo bene non avrei riveduta mai più in vita mia.

Fin da piccolo andavo volentieri al cimitero, indulgendo a quella passione che sembrava così sconveniente per un giovane. Ma tutti quei nomi, quelle aiuole, ogni lettera, quello strano odore, tutto mi dice che morirò anch'io: l'unica verità della quale non ho mai dubitato. E talvolta, tra quelle interminabili file di tombe lungo le quali vado passeggiando, scopro nomi di persone che ho conosciuto.

Già da piccolo, prestissimo, provai quel che è la morte.

Mia madre morì quando avevo sette anni, e io seguii con strana attenzione tutto ciò che le fecero: venne il prete e le diede l'estrema unzione, la benedisse... lei era là distesa, immobile. Portarono fiori, un feretro, vennero i parenti, piansero e pregarono accanto al suo letto... lei era là distesa, immobile. Seguii ogni cosa con grande curiosità. Nemmeno le percosse mi distolsero dall'assistere a ciò che facevano gli uomini delle pompe funebri. Lavarono mia madre, la vestirono d'una camicia bianca, misero fiori tutt'intorno alla bara, inchiodarono il coperchio, caricarono il feretro su un furgone... e l'alloggio rimase vuoto, senza mia madre. Io, all'insaputa di mio padre, andai al cimitero, prendendo il 12... Oh, non lo dimenticherò mai... al Tuckhoffplatz montai sul 10 e andai fino al capolinea.

Era la prima volta che entravo in un cimitero. All'ingresso chiesi di mia madre all'uomo col berretto verde. Aveva una faccia rossa e gonfia, e puzzava di vino. Mi prese per mano e mi accompagnò all'amministrazione. Fu molto gentile con me, chiese il mio nome, mi portò in una camera e mi disse di aspettare. Aspettai. Girai tra le sedie, il tavolo color nocciuola, osservai i quadri alle pareti e aspettai. Uno dei quadri raffigurava una donna bruna e slanciata che sedeva in un'isola e aspettava; mi alzai sulle punte dei piedi, cercai di leggere quel che c'era scritto sotto e riuscii a decifrarlo: NANA, c'era scritto. Un altro quadro rappresentava un uomo barbuto che sogghignava, tenendosi davanti al viso un boccale di birra dal coperchio riccamente cesellato. Non riuscii a leggere quel che c'era scritto sotto, andai alla porta: ma la porta era chiusa. Allora cominciai a piangere, piansi seduto buono buono su una di quelle sedie color nocciola, finché sentii un passo nel corridoio: era mio padre che stava arrivando, riconoscevo il passo per averlo sentito infinite volte avvicinarsi lungo il nostro corridoio. Mio padre mi trattò affettuosamente, e con l'uomo grasso, dal berretto verde, che puzzava di vino, andammo alla camera mortuaria, e fu là che ritrovai mia madre con un nome e un numero. L'uomo dal berretto verde ci condusse a una bara, e mio padre vi batté sopra col dito e lesse: «Elisabeth Bogner, 18-IV, ore 16.00, reparto VII/L». Poi mi chiese quanti del mese ne avessimo. Io non lo sapevo, e lui disse: «È il sedici. Mamma non verrà seppellita che dopodomani». Mi feci dar parola che alla bara non avrebbero fatto niente se non in mia presenza, e mio padre, piangendo, me lo promise. Allora lo seguii nella nostra casa rimasta così squallida, lo aiutai a sbrogliare la vecchia dispensa ormai antiquata, e venne alla luce tutto ciò che mia madre aveva comperato, nel corso di tanti anni, dai suoi merciaiuoli ambulanti: pile di lamette per barba arrugginite, sapone, polvere insetticida, elastico mezzo marcio e un mucchio di scatole piene di spille di sicurezza. Mio padre piangeva.

Due giorni dopo rividi quella stessa bara: la montarono su un carro, vi appesero fiori e corone, e noi le andammo dietro, seguendo il prete e i chierichetti, fino alla gran buca fangosa del reparto VII. Vidi benedire il feretro, calarlo nella fossa, spruzzarlo d'acqua benedetta e coprirlo di manciate di terra. E ascoltai, attento, la preghiera del parroco, che parlava di polvere, di polvere e di resurrezione.

Ci fermammo ancora a lungo al cimitero, mio padre e io, perché io insistevo per vedere ogni cosa: i becchini colmarono tutta la fossa di terra, vi pestarono sopra per rassodarla, formarono a colpi di vanga un piccolo rialzo, vi posarono su le corone, e per ultimo uno di loro piantò nel terreno una piccola croce bianca sulla quale potei leggere a lettere nere: Elisabeth Bogner.

Fin da bambino credevo di sapere con esattezza che cosa

volesse dire essere morti: significava non esserci più, essere sepolti sotto terra e aspettare la resurrezione. E io lo capivo, e ci stavo attento: tutti gli uomini dovevano morire, e morivano, infatti, molti che io conoscevo e alla cui sepoltura nessuno poteva impedirmi di assistere.

Forse penso troppo spesso alla morte, e sbagliano coloro che mi considerano un beone. Tutto ciò che faccio mi appare indifferente, noioso e insignificante, e da quando non abito più con Käte e i bambini torno a bazzicare i cimiteri, cerco di arrivare in tempo per assistere a qualche inumazione. Seguo le bare di gente che non conosco, ascolto i discorsi funebri, rispondo ai versetti liturgici che il prete mormora sulla fossa spalancata, getto manciate di terra dentro le tombe, prego dinanzi ai feretri, e se ho un po' di danaro compro prima dei fiori, che spargo poi a uno a uno sulla terra molle che s'è ammucchiata sopra la bara. Passo davanti ai parenti in lacrime, e qualche volta è accaduto che mi invitassero a pranzo. Sedevo a mensa in mezzo a gente estranea, bevevo birra e mangiavo insalata di patate con salcicce, mi lasciavo ammucchiare sul piatto da donne piangenti gigantesche costolette, fumavo una sigaretta dopo l'altra, bevevo acquavite e stavo a sentire la biografia di individui di cui conoscevo nient'altro che il feretro. Talvolta mi fanno anche vedere le fotografie. Una settimana fa ho seguito la bara di una fanciulla, e più tardi, nello stanzino d'angolo di un ristorante all'antica, sedevo accanto a suo padre, che mi credeva un segreto spasimante di sua figlia. Mi mostrò parecchie fotografie di lei, ch'era una creatura davvero bella: stava su un motoscooter, i capelli al vento, allo sbocco di un viale. «Era ancora una bambina», mi disse il padre. «Non aveva ancora conosciuto l'amore». Io avevo sparso fiori sulla sua bara, e ora vedevo le lacrime negli occhi del padre, che depose per un attimo il sigaro nel portacenere di terracotta grigia, per asciugarsi gli occhi.

Ogni attività cui mi dedicavo mi lasciava indifferente. Non riuscivo a trovare in me quel tanto di serietà e d'impegno che si richiedono per affrontare una vera professione. Prima della guerra lavorai a lungo in una fabbrica di medicinali, finché mi vinse la noia, per cui passai alla fotografia, che peraltro mi stufò ben presto. Poi volli fare il bibliotecario, benché sia poco incline alla lettura, e fu in una biblioteca che conobbi Käte, che è invece amante dei libri. Rimasi là perché c'era Käte, ma ci sposammo presto, e lei dovette lasciare l'impiego appena rimase incinta. Poi venne anche la guerra, e il nostro primo figlio, Clemens, nacque proprio quando fui richiamato alle armi.

Non mi piaceva ripensare alla guerra, mi alzai dal letto e scesi ancora una volta nella taverna: mancava poco alle quattro. Bevetti un'acquavite, andai ai biliardini che adesso erano liberi, ma non vi gettai che una sola moneta, abbassai la leva e sentii di essere stanco.

Tornai in camera mia, mi sdraiai un'altra volta sul letto, fumai, pensai a Käte, finché sentii scampanare alla chiesa dei Sette Dolori...

X

Trovai subito il cartello con la nera mano indicatrice, e ne seguii la direzione. La strada era vuota e grigia, ma andando avanti vidi una fiumana di gente riversarsi fuori da uno stretto edificio, che conteneva un cinematografo. All'angolo c'era un'altra mano nera dipinta su un cartello, e stavolta l'indice era piegato: mi trovavo di fronte all'Albergo olandese. Fui sgradevolmente colpita dalla sporcizia di quella casa, attraversai lentamente la strada, mi fermai davanti alla porta a vetri pitturata di rosso, poi improvvisamente mi decisi, spalancai la porta ed entrai nel ristorante. Al banco c'erano tre uomini. Quando entrai mi squadrarono, smisero di parlare, guardarono l'ostessa; e l'ostessa alzò gli occhi dal suo giornale illustrato e mi guardò in faccia. Il suo sguardo andò dal mio viso al mio cappello, poi alla borsa che avevo in mano, quindi essa si piegò un poco in avanti per osservarmi scarpe e gambe, poi tornò a guardarmi in faccia, fissò a lungo le mie labbra, come per indovinare la marca del mio rossetto. Si chinò di nuovo in avanti, mi guardò incerta le gambe e disse, lentamente: «Desiderate?». E si staccò le mani dai fianchi, le posò sul banco di nichel, poi le incrociò sulla pancia, mentre la sua faccia bianca e sottile assumeva una espressione di perplessità.

«Vorrei andare da mio marito», dissi, e gli uomini si volsero subito in là e ricominciarono i loro discorsi. L'ostessa, prima ancora che avessi detto il mio nome, informò: «Numero undici, primo piano», e indicò l'uscio a molla accanto al bancone. Uno degli uomini lo raggiunse in due salti e me lo spalancò. Era pallido e sembrava ubriaco: gli tremavano le labbra, aveva il bianco degli occhi arrossato. Quando lo guardai abbassò gli occhi, io dissi: «Grazie», entrai nella porta aperta e, mentre salivo le scale, sentii una voce che diceva, tra un'oscillazione e l'altra dell'uscio: «Quella, però, è di queste parti».

La tromba delle scale era intonacata di verde. Attraverso i vetri smerigliati si vedeva l'ombra di un muro nero, e al primo piano, in un piccolo corridoio, era accesa una lampadina senza paralume.

Bussai alla porta segnata col numero 11 e, poiché di dentro non rispose nessuno, apersi ed entrai. Fred dormiva, disteso sul letto. Quando dorme ha un aspetto molto delicato, quasi infantile, e chi non gli vede la faccia sciupata potrebbe dargli diciott'anni. Durante il sonno tiene le labbra leggermente socchiuse, ciocche di capelli bruni gli scendono sulla fronte, il suo volto par quello di chi abbia perso conoscenza: ha il sonno profondo. Ancora sulle scale ce l'avevo con lui, che mi metteva in condizione di farmi squadrare come una prostituta, ma ora mi avvicinai cauta cauta al suo letto, presi una sedia, aprii la borsa e tirai fuori le sigarette.

Me ne stetti seduta accanto al suo letto, fumando. Gli staccai gli occhi di dosso quando lui cominciò ad agitarsi nel sonno, osservai il disegno verde, a cuori, della tappezzeria, alzai gli occhi alla brutta lampada, e soffiai il fumo della sigaretta nella fessura della finestra socchiusa. Tornai indietro nel tempo e constatai che da quando ci siamo sposati sono cambiate ben poche cose: a quel tempo demmo inizio al nostro matrimonio in una stanza ammobiliata, che per bruttezza non la cedeva certo a questa camera d'albergo. Quando scoppiò la guerra eravamo appena entrati in un vero e proprio alloggio, ma lo ricordo come una cosa che non sia mai veramente esistita: quattro camere, un bagno, e molta pulizia. Clemens aveva una cameretta con la tappezzeria illustrata con le storie di Max e Moritz, benché fosse ancora troppo piccolo per capir le figure. Quando fu grande abbastanza per capirle, la casa non c'era più, la casa con le tappezzerie di Max e Moritz. Mi par di vedere ancora Fred fermo là davanti: le mani nelle tasche dei calzoni militari grigi, a fissare quel mucchio di macerie da cui saliva un vago fumo cinereo. Fred sembrava non afferrare, non sentire nulla, pareva che non gli entrasse in mente che non avevamo più biancheria né mobili né niente... Mi guardava con l'espressione di chi non avesse mai posseduto veramente qualcosa. Si tolse di bocca la sigaretta accesa, me la mise tra le labbra, io tirai una boccata, e con la prima nuvoletta di fumo mandai fuori una risata violenta.

Aprii del tutto la finestra e gettai la cicca in cortile: tra alcune pattumiere c'era una larga pozzanghera gialla, dove la mia sigaretta si spense sibilando. Un treno entrò fragoroso in stazione. Sentii la voce dell'annunciatore senza distinguerne le parole.

Fred si svegliò quando le campane della cattedrale cominciarono a suonare. Le loro vibrazioni fecero tremare i vetri della finestra, che ronzarono sommessamente, e quel tremito si propagò a un'asta da tende, di latta, ch'era appoggiata al davanzale, e i cui sobbalzi provocarono un rumore metallico.

Fred mi guardò senza muoversi, senza parlare, mandò un sospiro; capii che stava emergendo lentamente dal sonno.

«Fred», dissi.

«Sì», mi rispose, mi tirò a sé e mi baciò. Poi mi tirò ancora più in basso, ci abbracciammo, ci guardammo l'un l'altro. Quando mi prese la testa e se la tenne un po' a distanza, scrutandola, fui costretta a sorridere.

«Dobbiamo andare a Messa», dissi. «O ci sei già stato?».

«No», rispose, «due minuti soli. Sono arrivato alla benedizione».

«Vieni, allora».

Si era coricato con le scarpe, evidentemente s'era addormentato senza coprirsi, e ora vedevo che aveva freddo. Si versò un po' d'acqua nella catinella, si passò le mani bagnate sulla faccia, si asciugò e prese il cappotto dalla sedia.

Scendemmo le scale a braccetto. I tre uomini stavano ancora addossati al banco e continuarono a parlare senza badare a noi. Fred consegnò la chiave all'ostessa, che la appese all'asse chiedendo:

«Restate fuori a lungo?».

«Un'oretta», rispose Fred.

Quando arrivammo alla cattedrale, i vespri erano appena finiti e vedemmo ancora i canonici fare il loro lento ingresso in sacrestia: sembravano bianchi carpioni che nuotassero in un'acqua grigio-chiara. Celebrava la Messa, a un altare laterale, uno stanco vicario: la celebrava rapido, frettoloso, e fece una spallucciata d'impazienza quando passò al corno sinistro dell'altare per leggervi il Vangelo e il chierichetto non vi era ancora arrivato col messale. Dall'altar maggiore si spandevano nuvole d'incenso, e molta gente aggirava il gruppo che stava assistendo alla Messa. Erano per lo più uomini con una bandierina rossa all'occhiello. All'Elevazione alcuni di loro, sentendo suonare il campanello, si fermarono spaventati, ma i più andarono oltre, contemplando i mosaici, i finestrini, accostandosi agli altari. Avevo guardato l'orologio che c'è in alto, vicino all'organo, e che ogni quarto d'ora fa sentire un rintocco dolce e chiaro. Quando, dopo la benedizione, ci avviammo all'uscita, vidi che la Messa era durata esattamente diciannove minuti. Fred mi aspettò sul portone, io andai all'altare della Madonna e dissi un'Avemaria. Pregai di non essere incinta, benché avessi paura di implorare una cosa simile. Davanti all'immagine della Madonna ardevano molte candele, e a sinistra, presso il gran candeliere di ferro, c'era tutto un fascio di ceri gialli, cui era attaccato un cartello che diceva: «Offerto dal sindacato professionale *La drogheria cattolica*, in seno all'Associazione germanica droghieri».

Raggiunsi Fred e uscimmo insieme. Fuori splendeva il sole. Erano le cinque e venti, e io avevo fame. Mi attaccai al braccio di Fred e mentre scendevamo la scalinata sentii che si stava facendo tintinnare i soldi in tasca.

«Vuoi mangiare in un ristorante?», mi domandò.

«No», risposi, «alla rosticceria. Mi piacciono tanto quei chioschetti».

«Vieni, allora», disse, e imboccammo la Blüchergasse. Là i mucchi di macerie, nel corso degli anni, hanno preso la forma liscia e tondeggiante di piccole colline, appiattendosi a poco a poco. Le erbacce vi crescono rigogliose in una specie di aggrovigliata macchia grigio-verdastra con uno spolvero rossiccio di epilobi sfioriti. Per qualche tempo la statua di Blücher rimase abbandonata lì nel rigagnolo: un energico, gigantesco eroe di bronzo che fissava il cielo, furibondo, finché qualcuno non lo rubò.

Dietro un portone di ferro battuto si ammucchiava una montagna di rifiuti. Tra le macerie non era stato spalato che uno stretto sentiero. Quando arrivammo alla Mommsenstrasse, dove sono rimaste alcune case in piedi, sentii venire di lontano, da sopra le macerie, la musica di una fiera. Trattenni Fred, e quando ci fermammo tutti e due lo sentii più chiaro: era lo stentoreo fracasso degli «orchestrion».

«Fred», chiesi, «c'è fiera, in città?».

«Sì», rispose. «Credo per via dei droghieri. Vuoi andarci? Vuoi che ci andiamo?».

«Oh sì», dissi. Affrettammo il passo, tagliammo per la Veledastrasse e, svoltato un altro angolo, ci trovammo improvvisamente in mezzo alle grida, all'odore della fiera. Le note degli organetti, l'odore del gulasch fortemente drogato, misto a quello grasso e dolciastro delle frittelle cucinate nello strutto, il vertiginoso fischiare delle giostre mi eccitarono fortemente. Sentii il cuore battermi più forte... quegli odori, quello schiamazzo confuso, disordinato, ma che pure ha in sé una segreta melodia.

«Fred», dissi, «dammi un po' di danaro».

Si tolse di tasca il danaro che teneva sciolto, sfilò le banconote di tra le monete, le ripiegò e le mise nella sua agenda squinternata. Mi ammonticchiò in mano tutti gli spiccioli, tra i quali c'erano grosse monete d'argento. Le contai accuratamente, e Fred intanto mi guardava con un sorriso.

«Sei marchi e ottanta», dissi. «È troppo, Fred».

«Prendili», insisté. «Ti prego». Guardai la sua faccia sottile, grigia e stanca, vidi la candida sigaretta tra le pallide labbra e mi resi conto di amarlo. Mi sono già chiesta più d'una volta perché lo amo. Non lo so di preciso, i motivi son tanti, ma uno lo so bene: perché è bello andare alla fiera con lui.

«Io, però, t'invito a cena», dissi.

«Come vuoi», annuì. Lo afferrai per il braccio e lo tirai verso il chiosco dove vendevano il gulasch, sulla cui facciata era dipinto un gruppo di contadine ungheresi danzanti: giovani contadinotti dai capelli tondi saltellavano loro intorno, con le mani sui fianchi. Appoggiammo le braccia sull'orlo del banco, e la donna che sedeva sul seggiolino pieghevole presso il calderone fumante si alzò e venne verso di noi, sorridendo.

Era grassa e bruna, e le sue belle mani massicce erano piene di anelli falsi. Intorno al collo abbronzato portava un nastro di velluto, dal quale penzolava un medaglione.

«Due gulasch», dissi e le allungai due marchi. Fred e io ci sbirciammo sorridendo, mentre la donna andava verso il fondo della baracca e toglieva il coperchio al pentolone.

«Avevo già mangiato una porzione di gulasch a pranzo», disse Fred.

«Oh, scusami», esclamai.

«Non fa niente, il gulasch mi piace». E mi posò la mano sul braccio.

La donna pescò a fondo nel calderone, tirando su il cucchiaio ben carico. Il vapore che usciva dalla pentola appannò gli specchi della parete di fondo. Essa mise un panino in mano a ciascuno di noi, passò uno straccio sullo specchio e mi disse: «Così potete vedere quanto siete bella». Guardai in quello specchio piatto e mi accorsi che avevo davvero un bell'aspetto: lontano, dietro la mia faccia, vidi l'immagine confusa di una baracca col tiro a segno, e ancora più in fondo la gran giostra coi seggiolini a catena. Mi spaventai quando il mio sguardo, là nello specchio, cadde su Fred: non può mangiar niente che scotti, gli provoca dolori alle gengive. Quel rigirarsi il cibo in bocca finché non s'è raffreddato un poco, quell'espressione di lieve disgusto, d'impazienza, danno al suo viso qualcosa di biascicante, di senile, che ogni volta mi sbigottisce di più. Ma lo specchio si appannò un'altra volta, la donna rimestò lentamente col cucchiaio in fondo alla pentola, ed ebbi l'impressione che a quelli che ora stavano accanto a noi desse una porzione più piccola della nostra.

Spingemmo in là i piatti vuoti, ringraziammo e andammo via. Mi riattaccai al braccio di Fred, e girovagammo senza fretta lungo i vialetti in mezzo ai baracconi. Lanciai barattoli di latta vuoti contro pupazzi dal ghigno raggelato, divertendomi un mondo quando li colpivo alla testa, quando cadevano all'indietro contro un fondale di tela di sacco marrone, quando il loro segreto congegno li rilanciava in avanti. Mi lasciai sedurre volentieri dalla monotona voce di un banditore, acquistai un biglietto, guardai la ruota della fortuna che girava, girava, e lanciai tratto tratto un'occhiata al grande orsacchiotto giallo, di stoppa, che speravo di vincere, che ho sperato di vincere sin dalla mia infanzia. Ma la crepitante linguetta della ruota della fortuna non avanzava che a stento lungo il fitto steccato dei chiodi, si arrestò poco prima del mio numero, e io non vinsi l'orso, non vinsi nulla.

Mi gettai nell'angusto seggiolino della giostra a catene, misi due soldoni in una mano sudicia, e mi feci roteare, pian piano, sempre più in su, sempre più in su, intorno all'orchestrion che, nascosto nel ventre di legno del gran perno centrale, mi gettava in faccia la sua sfrenata melodia. Vidi, oltre le macerie, la torre della cattedrale attraversarmi di volo, laggiù in lontananza il verde opaco e folto delle erbacce, vidi i padiglioni a punta tra pozzanghere d'acqua piovana, e sempre nel vortice di quel carosello, che per due soldi mi mulinava intorno con la velocità del vento, mi gettai in pieno sole, la cui luce mi colpiva come una botta ogni volta che la sfioravo. Sentii il ronzio delle catene, strilli di donne, vidi il fumo, i vortici di polvere dello spiazzo sottostante, volai attraverso quell'odore grasso e dolciastro, e quando barcollai di nuovo giù per la scaletta di legno mi afflosciai tra le braccia di Fred e balbettai: «Oh, Fred».

Una volta, per un soldo, ballammo su un palco di legno.

Tra coppie di adolescenti, o quasi, che ancheggiavano a tutt'andare, ci stringemmo l'uno all'altra. Ogni volta che mi giravo con Fred al ritmo della danza, vedevo la faccia grassa e lasciva di un suonatore di cornetta, il cui colletto bisunto non era coperto che a metà dal suo strumento: e quello ogni volta alzava la testa, mi strizzava l'occhio ed emetteva una nota stridula che pareva indirizzata a me.

Rimasi a guardare Fred, che puntava un soldo alla roulette, sentii la muta agitazione degli uomini circostanti ogni volta che il croupier faceva girare il disco e la pallina cominciava a ballare. La velocità con cui facevano le loro puntate, con cui anche Fred gettava le sue monete sul punto esatto, mi pareva presupporre un esercizio, un accordo di cui non avevo mai intuito nulla. Il croupier, mentre la pallina saltellava, alzò la testa, e il suo gelido sguardo si posò sprezzante sui baracconi della fiera. La sua faccia dura, piccola e bella non si riabbassò che quando il ronzio si affievolì; allora rastrellò le puntate, se le fece scivolare in tasca, gettò ai vincitori i soldi che avevano guadagnato, frugò tra le monete che teneva in tasca, invitò a puntare, osservò le dita degli uomini circostanti, diede al disco una spintarella sprezzante, alzò la testa, strinse le labbra e si guardò intorno, annoiato.

Due volte Fred si trovò davanti un mucchietto di danari, finché ritirò i soldi dal tavolo e mi raggiunse fendendo la folla.

Ci sedemmo sui gradini sporchi di una baracca velata di blu, ingoiammo polvere e ascoltammo il caotico concerto degli orchestrion, cui si mescolavano le rauche grida dei cassieri volanti, che raccoglievano il danaro sulle giostre. Guardai il terreno, ch'era coperto di rifiuti, di cartacce, di cicche, di fiori calpestati, di biglietti stracciati. Quando rialzai lentamente gli occhi, vidi i miei figli. Bellermann teneva per mano Clemens, la ragazza conduceva Carla; e quanto al più piccolo, Bellermann e la ragazza lo portavano tra di loro sul seggiolino a sospensione. I bambini succhiavano grandi lecca-lecca gialli, li vidi ridere, guardarsi intorno, fermarsi davanti alla baracca del tiro a segno. Bellermann si accostò al banco, Clemens afferrò in sua vece il manico del seggiolino, mentre Bellermann prendeva un fucile. Clemens, al disopra della spalla, ne adocchiò il mirino. I bambini parevano felici, e ora si misero a ridere, vedendo Bellermann che metteva un rosso fiore di carta tra i capelli della ragazza. Svoltarono tutti a destra, vidi Bellermann contare qualche soldo in mano a Clemens, vidi le labbra di mio figlio muoversi, contare anche lui, gli vidi alzar la faccia sorridendo e ringraziare Bellermann.

«Vieni», dissi piano a Fred, mi alzai e lo tirai su per il bavero del cappotto. «Ci sono i bambini».

«Dove sono?», domandò lui. Ci guardammo, e tra noi, in quei trenta centimetri d'aria tra i nostri occhi, c'erano tutte le mille notti in cui ci siamo abbracciati. Fred si tolse la sigaretta di bocca e chiese piano: «Che cosa dobbiamo fare?».

«Non so», risposi. Lui mi tirò via con sé in uno stretto passaggio tra un baraccone e una giostra ferma, la cui tonda mole era coperta da un telone verde. Guardammo muti i piuoli conficcati in terra, intorno ai quali erano annodate le corde.

«Vieni qui dentro», disse Fred, aprì una fessura tra due lembi di tenda, vi s'introdusse e aiutò anche me ad entrare. Ci sedemmo al buio, Fred su un gran cigno di legno, io al suo fianco, su un cavallo a dondolo. La pallida faccia di Fred era tagliata da una striscia di luce biancastra che penetrava dalla fessura tra i due lembi del tendone.

«Forse», disse Fred, «non avrei dovuto sposarmi».

«Sciocchezze!», esclamai. «Non cominciare. Tutti gli uomini dicono così». Lo guardai e soggiunsi: «Del resto è molto lusinghiero, per me... Ma quale donna riesce a rendere sopportabile un matrimonio?».

«Tu sei riuscita più e meglio della maggioranza delle altre donne», dichiarò, e alzando il viso dalla testa del cigno mi posò la mano sul braccio. «Siamo sposati da quindici anni, e...».

«Bel matrimonio», osservai.

«Magnifico», disse lui. «Davvero magnifico». Mi tolse la mano dal braccio, posò le due mani sulla testa del cigno, vi appoggiò sopra la faccia e mi guardò dal basso con occhi stanchi. «Sono sicuro che senza di me siete felici».

«Questo non è vero», ribattei. «Se sapessi!».

«Se sapessi che cosa?».

«Fred», risposi, «ogni giorno i bambini chiedono dieci volte di te, e io ogni notte, quasi ogni notte me ne sto nel letto a piangere».

«Piangi?», disse lui, rialzò il viso e mi guardò. Mi dispiacque, allora, di averglielo detto.

«Non è che te lo dica per farti sapere che piango, ma perché tu ti convinca quanto t'inganni».

Il sole brillò improvvisamente nella fessura, intrise di sé tutto quel tondo spiazzo, come attraverso un filtro verdolino, e la sua luce d'oro vivo rivelò le varie figure della giostra: cavalli ghignanti, verdi draghi, cigni, poneys, e, dietro a noi, una berlina nuziale foderata di velluto rosso e tirata da due cavalli bianchi.

«Vieni qua», dissi a Fred. «Staremo più comodi».

Smontò dal suo cigno, mi aiutò a scendere dal mio cavallo a dondolo, e sedemmo l'uno accanto all'altra sul morbido velluto della berlina. Il sole era scomparso, intorno a noi stavano le grigie ombre degli animali.

«Dunque piangi», riprese Fred. Mi guardò in faccia, fece

per cingermi col braccio, ma poi lo ritirò. «Piangi perché non ci sono?».

«Anche per questo», dissi piano. «Ma non solo per questo. Sai bene che preferisco che tu abiti con noi. Ma riesco anche a capire che tu non possa resistere. E certe volte è una fortuna che tu non ci sia. Avevo paura di te, della tua faccia, quando picchiavi i bambini, avevo paura della tua voce, e non vorrei che tu tornassi così e che tutto continuasse come prima. Preferisco piangere nel mio letto anziché sapere che picchi i bambini solo perché siamo senza soldi. Perché il motivo è quello, no? Tu picchi i bambini perché siamo poveri».

«Sì», ammise. «La povertà è diventata la mia malattia».

«Già», dissi, «e per questo è meglio che tu non torni... a meno che tutto non cambi. Lascia pure ch'io pianga. Tra un anno sarò forse arrivata anch'io al punto di picchiare i bambini, e sarò come una di quelle povere donne la cui vista mi spaventava da ragazza: rauche e straccione, travolte dal selvaggio orrore dell'esistenza, sperse nelle voragini di un'enorme casa popolare, che i bambini o li picchiano o li rimpinzano di dolciumi, e la notte si spalancano all'abbraccio di un miserabile ubriacone, che porta a casa l'odore di salsicce di qualche rosticceria e ha nella tasca della giacca due sigarette mezze acciaccate, ch'essi fumano insieme, quando l'amplesso è terminato. Oh, le ho disprezzate, quelle donne... Dio non me ne voglia castigare! Dammi un'altra sigaretta, Fred». Lui si trasse subito il pacchetto di tasca, me lo porse, prese una sigaretta anche per sé, e quando il fiammifero si accese vidi nel crepuscolo verdastro del carosello la sua povera faccia.

«Dì ancora», insisté. «Ti prego, parla».

«Forse piango anche perché sono incinta».

«Sei incinta?».

«Forse», risposi. «Tu sai come divento, quando sono incinta. Ma credo ancora di non esserlo, altrimenti in giostra mi sarei sentita male. Ogni giorno prego di non essere incinta. O vorresti forse un altro bambino?».

«No, no», disse lui in fretta.

«Eppure, se viene, sei stato tu a generarlo. Oh, Fred», esclamai, «non è bello sentirselo dire». Ebbi rimorso di aver pronunciato quella frase. Lui non disse nulla, mi guardò, continuando a fumare riversato nella berlina, e mi disse soltanto: «Parla, ti prego, parla. Dimmi tutto, adesso».

«Piango inoltre», dissi, «perché i bambini sono così tranquilli. Sono così silenziosi, Fred. Ho paura dell'accettazione ovvia, supina con cui vanno a scuola, la prendono sul serio, e mi spaventa la meticolosità con cui fanno i loro compiti. Quel vecchio insopportabile frasario che usano gli scolari per parlare dei compiti, quasi le stesse parole che usavo anch'io quando avevo la loro età. È terribile, Fred. La gioia che appare sui loro volti quando fiutano il misero arrosto che cuoce nella mia pentola, il fare pacato con cui la mattina preparano le cartelle e se le mettono in spalla, il panino in tasca. Vanno a scuola. Spesso esco furtivamente sul pianerottolo, Fred, e rimango alla finestra, seguendoli con lo sguardo finché posso: con le schiene gracili e un po' incavate dal peso dei libri se ne vanno, a fianco a fianco, fino all'angolo, dove Clemens svolta da una parte, e io vedo Carla per un altro pezzetto, che si allontana lungo quella grigia Mozartstrasse, con la tua andatura, Fred, le mani nelle tasche del cappottino, pensando a qualche modello di lavoro a maglia o all'anno di morte di Carlo Magno. Mi fa piangere perché il loro zelo mi ricorda lo zelo di certi bambini che io detestavo, quando andavo a scuola, e che erano simili ai Gesù Bambini che, nelle immagini della Sacra Famiglia, si vedono giocare presso il pancone da falegname di san Giuseppe: creature miti e ricciute di dieci o undici anni, che si fanno scorrere, annoiate, lunghissimi trucioli tra le dita. Trucioli perfettamente uguali ai loro ricci».

«I nostri bambini», disse Fred, piano, «assomigliano ai Gesù Bambini delle immagini della Sacra Famiglia?».

Lo guardai in viso. «No», risposi, «no... ma quando li vedo andarsene così lemme lemme, mi pare che abbiano qualcosa di quell'umiltà disperatamente insensata, che mi riempie gli occhi di lacrime di dispetto e di paura».

«Mio Dio», disse. «Ma non c'è senso comune... Io credo che tu li invidi semplicemente perché sono bambini».

«No, no, Fred», replicai. «Ho paura perché non posso proteggerli da nulla, non dalla durezza degli uomini, non dalla durezza della signora Franke, che riceve, sì, ogni mattina il Corpo di Cristo, ma ogni volta che uno dei bambini è andato al gabinetto se ne viene di corsa dalla sua camera da lavoro, controlla la pulizia del cesso e comincia a brontolare in corridoio se anche un solo spruzzo d'acqua ha macchiato la sua tappezzeria. Io ho terrore di quelle gocce d'acqua... appena sento i bambini uscire dal gabinetto mi vengono i sudori freddi... Non so spiegarmi bene, forse tu capisci che cos'è che mi rattrista tanto».

«Ti rattrista il fatto che siamo poveri. È semplicissimo. E non posso darti nessuna consolazione: non c'è via d'uscita. Non posso prometterti che un giorno avremo più soldi eccetera. Oh, tu non immagini quanto sia bello vivere in una casa pulita, non avere preoccupazioni finanziarie... non te lo puoi immaginare».

«Ma io me ne ricordo ancora», osservai. «In casa dei miei genitori era sempre tutto pulito, l'affitto si pagava puntualmente, e il danaro... Del resto, Fred, anche noi, un tempo...».

«Già», m'interruppe. «Ma le cose passate non mi dicono

gran che. La mia memoria è tutta lacune, tutta grandi buchi tenuti insieme da una specie di esile, esilissimo reticolato come di fil di ferro sottile sottile. Ricordo, naturalmente, che allora avevamo un appartamento, persino un bagno, e quattrini in abbondanza... Che cosa facevo, a quel tempo?».

«Fred», dissi, «non sai più che cosa facevi?».

«Sul serio», mormorò, «non riesco a ricordarmene...», e mi cinse col braccio.

«Lavoravi in una fabbrica di carta da parati».

«È vero», annuì. «I miei abiti odoravano di colla, e portavo a casa per Clemens dei cataloghi malriusciti, che lui stracciava sul suo lettino. Ora ricordo, ma non può essere durato a lungo».

«Due anni», dissi. «Finché venne la guerra».

«Già... Poi venne la guerra. Forse avresti fatto meglio a sposare un uomo in gamba, uno di quei ragazzi pieni di iniziativa, che per di più ci tenesse un po' alla cultura».

«Smettila!», esclamai.

«La sera avreste letto insieme qualche bel libro, cosa che a te piace tanto... i bambini avrebbero dormito tra mobili di buon gusto... una Nefertiti appesa al muro, e l'altare di Isenheim incollato su legno, e i girasoli di Van Gogh — una riproduzione elegante, s'intende — sopra il letto nuziale, vicino a una Madonna della scuola di Beuron, e un flauto dentro un astuccio rosso, ruvido, ma molto chic, no? Oh, al diavolo!... Mi hanno sempre annoiato, gli appartamenti arredati con gusto, mi annoiano senza ch'io sappia perché. Ma tu, in fondo, che vuoi?», domandò improvvisamente. Io lo guardai, e per la prima volta dacché lo conosco ebbi l'impressione che fosse in collera.

«Non so che cosa voglio», risposi, gettai la sigaretta sul pavimento di legno accanto al cocchio e la stritolai col piede. «Non so che cosa voglio, ma non ho mai parlato di Nefertiti, né dell'altare di Isenheim, benché non abbia nulla contro queste cose; non ho mai parlato di uomini in gamba, perché gli uomini in gamba li ho sempre odiati, non riesco a immaginarmi niente di più noioso di un uomo in gamba, la puzza di bravura e di iniziativa gli si sente dall'alito. Vorrei però sapere che cos'è che tu prendi sul serio. Nulla, certo, di quanto prendono sul serio tutti gli altri, mentre poi ci sono due o tre cose che tu prendi più sul serio di qualsiasi altro. Non hai una professione... Hai fatto il commerciante in medicinali, il fotografo, poi sei entrato in una biblioteca... faceva pena vederti in una biblioteca, tu che non sai nemmeno come si prende in mano un libro... Poi venne la fabbrica di tappezzerie, un espediente, vero? E in guerra, poi, hai imparato a fare il centralinista».

«Lascia stare la guerra, ti prego», replicò Fred. «Mi annoia».

«Va bene», dissi. «Tutta la tua vita, tutta la nostra vita, fin da quando sto con te, si è svolta davanti a chioschetti di salcicce, a rivendite di gulasch, in luride bettole, in alberghi di quint'ordine, sui piazzali delle fiere e in quel sordido buco dove abitiamo da otto anni».

«E in chiesa», precisò lui.

«E in chiesa, sia pure», ammisi.

«Non dimenticare i cimiteri».

«Non dimentico i cimiteri, però mai, nemmeno quando eravamo in viaggio, ti sei interessato alla cultura».

«Cultura... », ripeté. «Se sapessi dirmi che cos'è... No, non m'interessa proprio. A me interessano Dio, i cimiteri, tu, i chioschi delle salsicce, le fiere e gli alberghi di quint'ordine».

«Non dimenticare l'acquavite», soggiunsi.

«No, non dimentico l'acquavite, e ci aggiungo il cinema, te ne faccio un omaggio, per così dire, e i biliardini».

«E i bambini», dissi.

«Sì, i bambini. Li amo molto, forse più di quel che credi, davvero li amo molto. Ma ho quasi quarantaquattr'anni, e non so dirti quanto sono stanco... Pensa solo un momento», disse, mi guardò improvvisamente in faccia e mi chiese: «Hai freddo? Vuoi che andiamo?».

«No, no», risposi. «Parla, parla, ti prego».

«Ma no», disse. «Smettiamola. A che serve? Non stiamo a litigare, tu mi conosci, almeno dovresti conoscermi e sai che sono un fallito; alla mia età nessuno riesce più a cambiare. Nessuno riesce a cambiare, mai, in nessun caso. L'unica cosa che depone a mio favore è che ti amo».

«Sì», convenni. «Non sei niente di speciale».

«Vuoi che andiamo, adesso?», mi chiese.

«No», risposi. «Restiamo qui un altro poco. O hai forse freddo?».

«No, ma vorrei andare con te all'albergo».

«Subito», dissi. «Ma prima dovresti ancora dirmi alcune cose. O non vuoi farlo?».

«Dì pure», m'incoraggiò.

Gli misi la testa sul petto, tacqui, ed ascoltammo entrambi le note degli orchestrion, gli strilli di chi andava in giostra e le grida rauche e brevi dei cassieri volanti.

«Fred», dissi, «mangi come si deve? Apri un po' la bocca». Girai la testa e lui aprì la bocca. Vidi le sue gengive rosse, infiammate, gli toccai i denti e sentii che ballavano. «Piorrea», dissi. «Tra un anno al massimo hai la dentiera».

«Credi davvero?», domandò impaurito, mi carezzò i capelli e aggiunse: «Abbiamo dimenticato i bambini». Si tacque un altro po', ascoltando gli schiamazzi della fiera, poi dissi: «Non ci pensare, per loro non ho paura, ne ho avuta un poco un momento fa... Lascia pure che vadano in giro con quei due giovani. Non accadrà nulla. Fred», dissi più piano, e riaccomodai la testa sul suo petto, «dov'è che abiti?».

«Dai Block», rispose. «Nell'Escherstrasse».

«Block...», ripetei. «Non li conosco».

«Non conosci i Block?», si meravigliò lui. «Quelli che abitavano sotto, in casa di mio padre, che avevano la cartoleria».

«Ah, quelli», dissi. «Lui aveva strani riccioli biondi e non fumava. Abiti dunque da quelli?».

«Sì, da un mese. L'ho trovato in una bettola e mi ha condotto con sé mentre ero ubriaco. Da allora abito là».

«Hanno spazio sufficiente?».

Tacque. Il baraccone attiguo veniva aperto in quel momento, qualcuno batté alcuni squillanti colpi sul triangolo, e una voce rauca gridò attraverso un megafono: «Attenzione, attenzione, qualcosa che interessa i signori uomini».

«Fred», insistei, «non mi hai sentito?».

«Ti ho sentito, sì. I Block hanno spazio sufficiente. Hanno tredici camere».

«Tredici camere?».

«Sì. Il vecchio Block è il custode della casa, che è già vuota da tre mesi e appartiene a un inglese, credo che si chiami Stripper, fa il generale o il gangster, o forse l'uno e l'altro, può anche darsi che faccia qualche altra cosa, non so, sono tre mesi che è via e i Block devono badare alla casa. Bisogna che curino il prato, in modo che anche d'inverno sia tenuto coi fiocchi: ogni giorno il vecchio Block percorre tutto quell'immenso giardino spingendo una falciatrice a mano, sai, di quelle con le ruote, e ogni tre giorni arriva una gran balla di concime chimico: una cosa grandiosa, ti dico... Un mucchio di camere da bagno e roba così; quattro, mi pare, e qualche volta lasciano fare il bagno anche a me. C'è una biblioteca in cui ci sono perfino dei libri, libri a montagne, e anche se di cultura non ne capisco un'acca, di libri me ne intendo un poco, e ti posso dire che sono buoni libri, libri magnifici, e ce n'è dappertutto... anche nel salotto per le signore... o come altro si chiama, non so... poi c'è un fumoir, una sala da pranzo, una camera per il cane, al primo piano due stanze da letto, una per il gangster o quello che è, l'altra per sua moglie, tre per gli ospiti. Naturalmente hanno anche una cucina, uno due e...».

«Basta, Fred», lo pregai. «Smettila, per favore».

«Oh no», ribatté. «No che non la smetto. Non te ne ho mai parlato, mia cara, perché non volevo tormentarti, no, non volevo proprio, ma è meglio che ora mi ascolti sino in fondo. Bisogna che parli di quella casa, me la sogno di notte, mi ubriaco per dimenticarla, ma anche quando sono sbronzo non riesco a dimenticarla: quante camere ho già enumerato? Otto o nove... non so. In tutto sono tredici... Dovresti solo vedere la camera per il cane. È un po' più grande della nostra, ma solo un poco, non voglio essere ingiusto, sarà più grande di circa due metri quadrati, certo non di più, restiamo nella giustizia, vero?, la giustizia prima di ogni altra cosa. Scriveremo la parola Giustizia sulla nostra modesta bandiera, no, tesoro mio?».

«Oh, Fred», dissi, «vuoi dunque proprio tormentarmi».

«Tormentarti, io? Ah, non mi capisci. Neanche per sogno voglio tormentarti, ma bisogna che parli di quella casa... davvero. La cuccia del cane è fatta a pagoda, ed è grande come una credenza, voglio dire come le credenze che usano in quelle case lì, di così alto livello culturale. Oltre le quattro camere da bagno c'è ancora un paio di cabine con doccia, che non ho comprese nel conto: voglio essere giusto, voglio ubriacarmi di giustizia. Non conterò mai come vano uno stanzino da bagno, sarebbe sleale, e noi al contrario scriveremo Lealtà vicino a Giustizia sulla nostra modesta bandiera. Ma tutto ciò non è ancora il peggio, cuor mio. La casa è vuota. Oh, quanto son belli i grandi prati dietro le grandi ville, quando non vi può giocare che un solo bambino... o un cane. Faremo mettere grandi prati per i nostri cani, amor mio. Ma quella casa è deserta, quel prato non viene mai usato, se posso servirmi a tale proposito di questa sporca parola. Le camere da letto: vuote. Camere degli ospiti: vuote. Pian terreno: tutto vuoto. Sotto il tetto ci sono altre tre camere, una per la governante, una per la cuoca, una per il servitore, e anzi quella buona signora si è già lamentata perché anche la cameriera deve aver la sua camera, mentre ora è costretta a dormire in una delle stanze degli ospiti. Bisognerà che ci pensiamo anche noi, cara, quando faremo costruire la nostra casa, sulla quale isseremo la bandiera della Lealtà e della Giustizia...».

«Fred», dissi, «basta, non resisto più».

«Sì che resisti ancora, hai messo al mondo cinque figli e resisterai ancora. Ora bisogna che dica tutto. Non posso smetterla, se vuoi puoi andartene, benché mi sarebbe piaciuto passare questa notte con te; ma se non vuoi starmi a sentire puoi andartene. È da un mese che abito in quella casa e debbo parlarne una buona volta con te, proprio con te, cui l'avrei risparmiato così volentieri. Volevo averti riguardo, tesoro, ma mi hai interrogato tu stessa e ora devi sentirti tutta la risposta. Quella buona signora ha fatto sul serio un tentativo di suicidio perché le manca quella stanza per la cameriera. Puoi immaginare di che anima sensibile si tratti, e quali siano i pensieri che la opprimono. Ma ora sono in viaggio, da tre mesi sono in viaggio, di regola sono in viaggio circa nove mesi all'anno... Devi infatti sapere che il vecchio gangster, o quello che è, che possiede la villa, è un dantista, uno dei pochi dantisti coi fiocchi che esistano ancora. Uno dei pochi che si debbano ancora prendere sul serio, tale e quale come il nostro vescovo, cosa che tu, cristiana colta, spero non ignorerai. Per nove mesi all'anno la casa è vuota, e in quel frattempo il vecchio Block sorveglia e cura il prato, com'è giusto, del resto: che c'è di più bello di un prato ben tenuto? Nella stanza del cane non si può dar la cera. E nessun bambino può entrare in casa».

«Attenzione, attenzione!», gridò la rauca voce del baraccone accanto. «Qualcosa che interessa i nostri signori uomini: Manuela, la più dolce creatura che viva sotto il sole».

«Fred», dissi piano, «perché in quella casa non può entrare nessun bambino?».

«Perché la signora i bambini non li può vedere. Non può sentirne l'odore, e lei lo sente, quando ce n'è stato uno, lo scopre ancora al fiuto dopo nove mesi. Il predecessore di Block era un invalido, che una volta lasciò giocare in villa i suoi due nipotini: in cantina, naturalmente, com'è giusto, mica sul prato, per carità. Li fece giocare in cantina, ma la signora al ritorno lo venne a scoprire, e lui finì sul lastrico. Perciò Block è diventato prudente. Una volta gli chiesi se i miei bambini non potevano venirmi a fare una visita: diventò pallido come un morto. Io posso abitare con lui perché ufficialmente passo per il suo aiutante nel falciare il prato, nel tenere le caldaie del riscaldamento alla giusta pressione. Ho una cameretta là sotto, accanto al vestibolo, veramente sarebbe una guardaroba: la mattina, quando mi sveglio, vedo il quadro di un vecchio pittore olandese... colori appannati, antichi: una scena d'osteria. Mi era venuta la voglia di rubarne qualcuno in biblioteca, ce ne sono altri... ma lo scoprirebbero subito, e poi non sarebbe onesto verso Block».

«Manuela vi canterà canzoni d'amore!», urlò la voce del baraccone accanto.

«Block pensa addirittura che la signora sia lesbica».

«Senti, Fred, non vorresti smetterla, non vuoi che andiamo all'albergo?».

«Un minuto solo», disse. «Devi ascoltarmi un altro minuto, poi ho finito e tu saprai finalmente dove e come abito. Qualche volta, la sera, viene il vescovo. È l'unico che abbia libero accesso alla casa, tutta la letteratura dantesca è a sua disposizione. Block ha l'incarico di rendergli l'ambiente confortevole, caldo, di chiudergli le tende, e io l'ho già visto un paio di volte, il vescovo: il viso illuminato da un'intima gioia, un libro in mano, la teiera lì vicino, il taccuino per le note e la matita. Il suo autista se ne sta sotto con noi, in cantina, fuma la pipa, esce di tanto in tanto a dare un'occhiata alla macchina. Quando il vescovo vuole andare, suona il campanello, l'autista salta su, anche Block esce con lui, si lascia dare del «buon uomo», riceve la sua mancia. Questo è tutto», disse Fred. «Ora, quando vuoi, possiamo andare. Vuoi che andiamo?».

Scossi il capo, incapace di parlare: le lacrime mi premevano in gola. Ero così stanca, e fuori c'era ancora il sole, e tutto ciò che Fred aveva detto mi pareva così falso, perché nella sua voce sentivo l'odio. E lì vicino la solita voce gridava ancora attraverso il megafono: «Siete ancora in tempo, signori, a vedere e a sentire Manuela, la dolcissima, che vi spezzerà il cuore!».

Sentimmo che dall'altra parte qualcuno si stava arrampicando dentro la giostra. Fred mi guardò in faccia: nel corpo centrale venne aperta e richiusa una porta, si accese la luce elettrica e improvvisamente nella pancia del carosello cominciò a suonare l'orchestrion. Si fece chiaro: qualcuno, infatti, che non potevamo vedere, si era messo a rotolar su il panno che ci nascondeva. Poi, nel gran perno centrale, si aprì una finestrella; un uomo pallido dalla faccia molto lunga ci guardò e disse: «Volete fare una corsa? Il primo giro, naturalmente, è gratis». Si tolse il berretto, ciocche di capelli biondi gli caddero sulla fronte, si grattò, si rimise il berretto e mi guardò con calma. La sua faccia, benché sorridesse, era triste. Poi guardò Fred e osservò: «No, credo che non sia il caso, per vostra moglie».

«Ah no?», disse Fred.

«No, non è proprio il caso», e tentò di sorridermi, ma non gli riuscì, e scrollò le spalle. Fred mi guardò. L'uomo chiuse la finestrella, girò intorno all'orchestrion, venne verso di noi e ci si fermò accanto: era molto alto, le maniche della giacca erano troppo corte e le braccia magre e muscolose erano bianche bianche. Mi osservò con molta attenzione e disse: «Sono sicuro che... No, non farebbe bene a vostra moglie. Ma posso aspettare, se volete ancora riposarvi un poco».

«Oh no», dissi. «Dobbiamo andare».

Nel frattempo le tende erano state tirate su, e alcuni si arrampicavano già sui cavalli, sui cigni. Noi due ci alzammo e scendemmo dalla berlina. L'uomo della giostra si tolse il berretto, ci fece un ultimo saluto con la mano e gridò: «Tanti auguri, allora, tanti auguri!».

«Grazie!», mi voltai a gridargli. Fred non fiatò. Attraversammo lentamente la fiera senza guardarci più indietro. Fred mi strinse più forte il braccio, mi condusse fino alla Mommsenstrasse, attraversammo pian piano i campi di macerie e, costeggiando la cattedrale, puntammo verso l'albergo. Le strade intorno alla stazione erano ancora silenziose, e c'era ancora il sole: la sua vivida luce rivelava la polvere sospesa sopra le erbacce che crescevano tra le rovine.

Tutt'a un tratto mi sentii pulsar dentro il ritmo della giostra, e sentii che mi veniva male.

«Fred», bisbigliai, «bisogna che mi distenda o che mi sieda».

Vidi che si spaventò. Mi circondò col braccio e mi condusse in un terreno coperto di macerie: intorno a noi, muri carbonizzati, alte muraglie. «Sala raggi a sinistra», c'era scritto da qualche parte. Fred mi guidò oltre il vano di una porta, mi fece sedere su un frammento di muro. Osservai, abulica, come si toglieva il cappotto. Poi mi riversò pian piano sulla schiena, mi fece posare il capo sul suo cappotto arrotolato. Sotto di me sentivo una superficie liscia e fresca: tastai con le due mani gli orli di quel pezzo di muro, sentii le mattonelle e sussurrai: «Non avrei dovuto andare in giostra, ma mi piace tanto. Vado così volentieri in giostra».

«Vuoi che vada a prenderti qualcosa?», domandò Fred, piano. «Forse un caffè, la stazione è qui a due passi».

«No, restami solo accanto. Vedrai che tra poco posso camminare fino all'albergo. Restami solo vicino, Fred».

«Sì», disse lui, e mi posò la mano sulla fronte.

Volsi gli occhi al muro verdolino, su cui si vedeva la macchia rossiccia di una statua di terracotta infranta, e un motto che non riuscivo più a decifrare, poiché ora cominciavo a girare lentamente in cerchio, coi piedi che costituivano il centro della circonferenza descritta da tutto il mio corpo con velocità crescente. Era press'a poco come al circo, quando la bella slanciata viene afferrata per i piedi da un robusto gladiatore e fatta roteare intorno.

Dapprima riconobbi ancora il muro verdolino con la rossa macchia d'argilla della statua, dall'altra parte la luce bianca che s'affacciava nel vano di una finestra. Dinanzi ai miei occhi fu un continuo alternarsi di bianco e verde, ma i colori trapassarono ben presto l'uno nell'altro, un bianco-verde chiarissimo turbinò dinanzi a me e io dinanzi a lui, e io non lo sapevo, finché in quella frenetica velocità i colori si fusero in uno e io roteai parallela al suolo, in uno sfavillio quasi incolore. Solo quando il movimento rallentò, mi accorsi che giacevo sempre al posto di prima, solo la mia testa, la mia testa sembrava che girasse, talvolta pareva che si trovasse di fianco al mio corpo, staccata, poi ai miei piedi, e solo per brevi istanti là dov'era il suo posto, fissata in cima al collo.

La testa sembrava rotolarmi intorno al corpo, ma nemmeno questo poteva essere vero, mi palpavo il mento e ne sentivo l'ossuta prominenza: anche negli istanti in cui la testa pareva trovarsi presso i piedi, io al tatto mi sentivo il mento. Forse erano solo gli occhi che giravano, non so, l'unica cosa reale era il malessere che provavo, un'acre acidità che mi saliva su su per il collo come in un barometro, ridiscendendo ogni volta per risalire poi lentamente. Anche chiudere gli occhi non serviva a nulla: se chiudevo gli occhi, non solo mi girava la testa, ma sentivo il petto e le gambe inserirsi in quel pazzesco roteare, e tutti insieme descrivere i loro cerchi, una ridda forsennata che non faceva che accrescere il mio malessere.

Se invece tenevo gli occhi aperti, vedevo che quel tratto di parete era sempre lo stesso: un pezzo di muro verdolino con in alto un bordo color cioccolata, e, scritto a lettere color marrone scuro sul fondo verde chiaro, un motto che non riuscivo a decifrare. Quelle lettere talvolta rimpicciolivano come le microscopiche scritte sulle tabelle degli oculisti, poi si gonfiavano, crescevano, nauseanti salcicce brune che si dilatavano così in fretta da risultare inafferrabili per forma e contenuto, esplodevano, stingevano brune lungo il muro, si sottraevano alla lettura, poi, subito dopo, si condensavano un'altra volta, minuscole come puntolini di mosca... ma non scomparivano mai.

Il motore che mi faceva girare attorno era quel malessere: costituiva il perno della giostra, e io mi spaventai quando improvvisamente mi accorsi di giacere ben diritta allo stesso punto di prima, senz'essermi spostata neanche di un centimetro. Me ne resi conto quando il malessere cessò per un attimo: tutto era tranquillo, tutto si ricollegava. Vidi il mio petto, il cuoio marrone sudicio delle mie scarpe, e il mio sguardo cadde sulla scritta là sul muro, che ora riuscivo a leggere: «Il tuo medico ti aiuterà se DIO aiuterà lui».

Chiusi gli occhi, la parola DIO rimase in me, prima apparentemente sotto forma di scritta, tre grandi lettere marrone scuro ferme dietro le mie palpebre chiuse; poi quei caratteri scomparvero, e in me non rimase che la pura parola, che cadde dentro di me, parve calare sempre più in basso, non trovò fondo, e a un tratto rieccola in alto con me, non scritta ma parola: DIO.

DIO solo parve rimanere con me in quel malessere che mi sommergeva il cuore, mi riempiva le vene, circolava dentro di me come il mio stesso sangue. Sentivo un sudore freddo e un'angoscia mortale. Per alcuni istanti avevo pensato a Fred, ai bambini, avevo visto il volto di mia madre, i due piccoli, così come li vedo nello specchio... ma quell'ondata di malessere li spazzò tutti via. Fui presa da una grande indifferenza verso tutti loro e con me non rimase più altro che la parola DIO.

Piansi, non vidi più nulla, non pensai più a nulla che a quell'unica parola. Le lacrime mi scorrevano calde e copiose giù dagli occhi lungo il volto, e dal modo con cui cadevano, senza che me le sentissi sul mento o nel collo, mi accorsi che m'ero voltata su un fianco. Roteai di nuovo in cerchio, a velocità vertiginosa, più forte di prima... poi, improvvisamente, m'acquetai, mi sporsi oltre l'orlo di quel resto di muro e rigettai nelle polverose erbacce verdi...

Fred mi teneva la fronte, come aveva già fatto tante volte.

«Ti senti meglio?», mi domandò sottovoce.

«Sì, sto meglio», risposi. Lui mi pulì delicatamente la bocca col suo fazzoletto. «Sono solo così stanca».

«Ora puoi dormire», disse Fred. «L'albergo è qui a pochi passi».

«Sì, dormire», mormorai.

XI

Il volto giallastro di Käte lasciava trasparire una tonalità più scura, che dava alla pelle una tinta pressoché marroncina. Anche il bianco degli occhi le s'era violentemente colorito. Le versai un po' d'acqua minerale, lei vuotò il bicchiere, mi prese la mano e se la posò sulla fronte.

«Vuoi che chiami un medico?», le chiesi.

«No», rispose. «Ora va bene. Era il bambino. Si è ribellato alle maledizioni che noi gli davamo, alla miseria che lo aspetta».

«Si ribellava al fatto», replicai piano, «di essere il futuro cliente di un droghiere e un diletto diocesano. Ma io gli vorrò bene lo stesso».

«Forse», disse, «diventerà un vescovo, non un diocesano, forse un dantista».

«Ti prego, Käte, non far dello spirito».

«Non faccio dello spirito. Che ne sai, tu, di quel che diverranno i tuoi figli? Forse avranno un cuore duro, costruiranno pagode per i loro cani e non potranno soffrire l'odore dei bambini. Forse quella donna che non può sentire l'odore dei bambini è nata in una famiglia di quindici persone che non avevano tutti insieme tanto spazio quanto ne ha oggi il suo cane. Forse...», Käte s'interruppe, fuori era scoppiato un violento crepitio di spari: si sentivano scoppi e tonfi come di altrettante esplosioni. Corsi alla finestra e la spalancai. Quei rumori erano come una sintesi di tutta la guerra: rombo di aeroplani, abbaiar di mitraglie. Il cielo era già grigio scuro, e ora s'era tutto coperto di candidi paracadute, da ciascuno dei quali pendeva, calando pian piano verso terra, una gran bandiera rossa sventolante: «Gomma Griss... ti preserva dalle conseguenze!», c'era scritto sopra. Rasente le torri della cattedrale, sopra il tetto della stazione, nelle vie, le bandiere veleggiavano lentamente in basso, e da qualche parte sentivo il tripudio dei bambini tra le cui mani era finita una bandiera, un paracadute.

«Che cosa succede?», domandò Käte dal letto.

«Oh, niente», spiegai. «Uno scherzo pubblicitario».

Ma in quella arrivò un intero stormo di apparecchi, rombando sicuri, con macabra eleganza: volavano a bassa quota, poco più su delle case, dondolando le ali grigie, e il rombo dei loro motori mirò al nostro cuore e lo colse in pieno. Vidi che Käte cominciava a tremare, accorsi al suo letto e le tenni la mano.

«Mio Dio, ma che cos'è?».

Sentimmo gli aeroplani girare sopra la città, poi se ne andarono, eleganti. Il loro ronzio si disperse verso un orizzonte invisibile. Tutto il cielo sopra la città era adesso coperto di grandi uccelli rossi, che calavano molto lentamente: coprivano il cielo come un rosso tramonto sbrindellato, grandi uccelli di gomma color del fuoco, che riconoscemmo soltanto quando ebbero raggiunto l'altezza delle case: erano cicogne col collo spezzato, svolazzavano con le gambe cionche, le loro teste penzolavano molli con effetto orrendo, come se dal cielo venisse giù una compagnia d'impiccati. Fluttuavano rosse nel grigio cielo serale, repellenti nuvolette di gomma: brutte e silenziose. Dalle strade saliva il tripudio dei bambini.

Käte mi strinse la mano, muta. Io mi chinai su di lei e la baciai.

«Fred», mormorò, «ho fatto dei debiti».

«Non ha importanza», dissi. «Anch'io ne faccio».

«Molti?».

«Sì, molti. Ma adesso nessuno mi presta più niente. Non c'è cosa più difficile che scovare cinquanta marchi in una città di trecentomila abitanti. Mi vengono i sudori freddi, quando ci penso».

«Ma dai lezioni private, no?».

«Sì», dissi, «ma fumo molto».

«Hai anche ricominciato a bere?».

«Sì, ma molto di rado, cara. Da quando vi ho lasciati non mi sono ubriacato sul serio che due volte. Ti sembra molto?».

«No, non è molto», ammise, «e capisco che tu beva. Ma forse potresti provare a non farlo più. È una tale sciocchezza. In guerra non bevevi quasi affatto».

«In guerra era un'altra cosa», replicai. «In guerra mi ubriacavo di noia. Non puoi credere come ci si possa ubriacare di noia; finisce che poi te ne stai a letto e tutto ti gira davanti agli occhi. Prova a bere tre secchie di acqua tiepida, ti ubriacherai d'acqua... come di noia. Non puoi credere quant'era noiosa la guerra. Talvolta pensavo anche a voi, ti telefonavo il più spesso possibile, solo per sentire la tua voce. Era molto amaro, per me, sentirti, ma era pur sempre meglio che ubriacarsi di noia».

«Non mi hai mai parlato molto, tu, della guerra».

«Non ne val la pena, mia cara. Pensa solo, tutto il santo giorno al telefono, a non sentir quasi mai altro che la voce di ufficiali superiori. Non puoi immaginare quanto siano scemi gli ufficiali superiori al telefono. Il loro vocabolario è ristrettissimo, lo calcolo sulle centoventi, centoquaranta parole. Troppo poco per sei anni di guerra. Ogni giorno otto ore al telefono: rapporto... rinforzi... rinforzi... rapporto... rinforzi...

ultima goccia di sangue... ordine... relazione... rinforzi... ultima goccia di sangue... resistere... Führer... non mollare. Poi un po' di pettegolezzi. Immagina poi le caserme: per quasi tre anni sono stato centralinista in una caserma, ho ingurgitato tanta noia da vomitarne per anni di fila. Quando poi volevo andare a bere dove potevo trovar qualcosa, to': un formicolio di uniformi. E a me, lo sai bene, le uniformi non sono mai andate giù».

«Sì, lo so...».

«Conoscevo un tenente che al telefono citava alla sua ragazza poesie di Rilke. Per poco non morivo, anche se una volta tanto era qualcosa di diverso dal solito. Altri cantavano, s'insegnavano canzoni per telefono, ma i più per telefono spedivano la morte: quella fremeva lungo il filo, e loro, con le loro voci sottili, la cacciavano dentro il cornetto, nell'orecchio di qualche altro che doveva badare a che morisse gente abbastanza. Quando i morti erano pochi, gli ufficiali superiori di solito ritenevano che l'azione fosse stata condotta male. Non per niente si valuta la grandezza di una battaglia dal numero dei morti. I morti non erano noiosi, mia cara, neanche nei cimiteri».

Mi stesi sul letto accanto a lei, mi tirai su la coperta. A basso, i suonatori accordavano i loro strumenti, e dalla taverna veniva il canto di un uomo, cupo e bello, e alla voce virile si alternava il grido rauco e selvaggio di una donna: non riuscivamo ad afferrare le parole, ma era un canto alternato di ritmica bellezza. Nella stazione entravano rombando i treni, e la voce dell'annunciatore veniva attraverso il crepuscolo sempre più fitto come il dolce mormorio di un amico.

«Non vorresti scendere a ballare?».

«Oh no», rispose. «È così bello giacere qui tranquilli. Vorrei tanto che tu telefonassi alla signora Baluhn, per chiederle se tutto è in ordine. E poi, Fred, vorrei ancora mangiare qualche cosa. Ma prima racconta ancora un po'. Vorrei sapere, per esempio, perché mi hai sposata».

«Per via della colazione», spiegai. «Cercavo qualcuno con cui poter fare colazione per tutta la vita, e la mia scelta — si dice così, no? — cadde su di te. Sei stata una magnifica compagna di colazioni. E con te non mi sono mai annoiato. Neanche tu con me, spero».

«No», ammise. «Con te non mi sono annoiata mai».

«Ma ora la notte piangi, quando sei sola. Non sarebbe meglio che io tornassi, anche così?».

Mi guardò e tacque. Le baciai le mani, il collo, ma lei si volse in là e fissò muta la tappezzeria. In taverna il canto era cessato, ma ora suonava l'orchestrina, e sentimmo il rumore delle coppie danzanti giù in sala. Accesi una sigaretta. Käte continuava a tener gli occhi sulla parete e non parlava:

«Capirai», le dissi, «non posso lasciarti sola, se sei davvero incinta. Ma non so se troverò la forza di essere buono come dovrei. Però ti amo, spero che tu non ne dubiti».

«Non ne dubito affatto», dichiarò senza voltarsi. «No davvero».

Volevo abbracciarla, afferrarle la spalla, girarla verso di me, ma capii improvvisamente che non potevo farlo.

«Se ti succede un altro incidente come poco fa», dissi, «non puoi restar sola».

«Non voglio contare le maledizioni che mi scaglieranno addosso, quando in casa verranno a sapere che sono gravida. Non puoi immaginare quanto sia terribile essere gravida. Quand'ero incinta del piccolo, Fred, sai bene...».

«Sì, sì, ricordo», dissi. «Tremendo: era d'estate, e io non avevo il becco di un quattrino, nemmeno un soldo per comprarti un bicchiere d'acqua minerale».

«E io ero così apatica», continuò. «Ci provavo gusto a fare la sciattona. Mi sarebbe addirittura piaciuto sputare davanti alla gente».

«L'hai persin fatto, una volta».

«È vero», ammise lei. «Sputai ai piedi della signora Franke quando mi domandò in che mese fossi. È una cosa piacevolissima sentirsi chiedere in che mese si è già».

«Fu per questo che non ottenemmo l'alloggio».

«No, Fred, l'alloggio non ce lo diedero perché tu bevi».

«Credi davvero?».

«Sì, Fred. A una donna incinta qualcosa si perdona. Oh, ero sudicia e cattiva, e ci provavo gusto a essere sudicia e cattiva».

«Mi piacerebbe che tu ti girassi un po' in qua: ti vedo così di rado».

«Lasciami così, ti prego», disse lei. «È bello starsene così. E poi penso sempre a che cosa ti debbo rispondere».

«Prenditi il tempo che vuoi. Io vado a procurarmi qualcosa da mangiare e faccio quella telefonata. Vuoi anche qualcosa da bere?».

«Sì, birra, per favore, Fred. E lasciami la tua sigaretta».

Allungò la mano al disopra della spalla, io le diedi la sigaretta e mi alzai. Quando andai fuori, lei giaceva sempre col viso rivolto al muro, e fumava.

Il corridoio era pieno di trambusto, e sentii che sotto, in sala, ballavano strillando di gioia. Mi sorpresi a scendere i gradini al ritmo di quella musichetta. Non era accesa che una piccola lampadina senza paralume. Fuori era buio. Nella bettola non sedevano ai tavoli che due o tre persone; al banco c'era un'altra donna. Era più anziana dell'ostessa, si tolse gli occhiali quando mi avvicinai, e posò il giornale in una pozzanghera di birra. Il giornale se ne intrise tutto e diventò scuro. La donna mi guardò ammiccando interrogativamente.

«Potremmo aver qualcosa da mangiare?», dissi. «Camera undici».

«Su in camera?», domandò lei.

Accennai di sì.

«No, qui non si fa», dichiarò. «Noi non portiamo il mangiare in camera. È una sudiceria, mangiare in camera».

«Oh», esclamai, «questo non lo sapevo ancora. Ma il fatto è che mia moglie è malata».

«Malata?», disse lei. «Non ci mancava che questa. Niente di grave, niente di contagioso, voglio sperare».

«No», risposi. «Mia moglie si è solo sentita male».

Quella tolse il giornale dal lago di birra, lo scosse un tantino e lo stese poi tranquillamente sul termosifone. Poi mi si rivolse con un'alzata di spalle.

«Allora, che cosa volete? Piatti caldi non ne avremo che tra un'ora». Prese un piatto dal montavivande che le stava alle spalle e andò alla cassa di vetro dei cibi freddi. Io la seguii, presi due costolette, due polpettine e chiesi un po' di pane.

«Pane?», fece lei. «Perché pane? Prendete un po' d'insalata, insalata di patate!».

«Preferiremmo del pane», dissi. «Credo che sia meglio per mia moglie».

«Con donne che si sentono male non si va negli alberghi», ammonì lei, ma andò ugualmente al montavivande e gridò nel pozzo: «Pane... qualche fetta di pane!». Dal montavivande uscì un cupo e minaccioso rimbombo: «Pane!». La donna si voltò: «Bisogna aspettare un momento».

«Vorrei telefonare», dissi.

«Al medico?».

«No», risposi. Lei mi spinse il telefono attraverso il banco. Prima di formare il numero dissi: «Due birre, per favore, e subito un bicchierino d'acquavite». Formai il numero della signora Baluhn, sentii il segnale acustico e attesi. La donna mi allungò il bicchierino d'acquavite e si accostò alla spina con un boccale di birra vuoto.

«Pronto», disse la signora Baluhn al telefono. «Pronto, chi parla?».

«Bogner», dissi.

«Ah, siete voi».

«Vorreste, per favore...», cominciai.

«Tutto in ordine. Ero sopra un momento fa. I bambini sono molto allegri, sono andati alla fiera con quei due giovani. Hanno perfino i palloncini. Sono tornati da poco. Cicogne rosse... gomma magnifica, autentica, grandi al naturale».

«Sono già tornati i Franke?».

«No, torneranno più tardi, forse domani mattina».

«Sicché tutto bene, veramente?».

«Veramente», disse lei. «Potete stare più che tranquillo. Salutatemi vostra moglie. Non è buono il nuovo rossetto?».

«Ottimo», riconobbi. «Sicché grazie tante».

«Non c'è di che», rispose lei. «Arrivederci».

Dissi: «Arrivederci», riattaccai il ricevitore, bevetti l'acquavite e guardai il secondo boccale riempirsi lentamente di birra. Il montavivande si girò con un rumore ringhioso, e apparve un piatto con quattro fette di pane bianco.

Salii prima coi due boccali, che posai sulla sedia accanto al letto di Käte. Lei era distesa come prima e fissava la tappezzeria. Le dissi: «A casa tutto bene. I bambini stanno giocando con quelle cicogne».

Ma Käte annuì soltanto e non disse nulla.

Quando portai il piatto coi cibi, lei giaceva sempre con gli occhi rivolti al muro, ma uno dei boccali era mezzo vuoto.

«Ho tanta sete», disse.

«Bevi, bevi». Sedetti sul letto, accanto a lei. Cavò due fazzoletti puliti dalla borsa, li stese sulla sedia, e mangiammo la carne, il pane posato su quei due fazzoletti di bucato e bevemmo la nostra birra.

«Bisogna che mangi ancora, Fred», mi guardò in faccia e sorrise. «Ora non so se mangio tanto perché so di essere incinta, o se ho davvero fame».

«Mangia finché vuoi», le dissi. «Che altro vorresti?».

«Ancora una polpetta», mi rispose. «Un cetriolo e un bicchiere di birra. Porta pure giù il boccale». Lo vuotò e me lo diede. Io scesi un'altra volta nella taverna e mentre la donna dietro il banco riempiva di birra il boccale mandai giù un altro bicchierino di acquavite. La donna mi guardò con più simpatia di prima, posò su un piatto una polpetta e un cetriolo, e lo spinse verso di me attraverso il banco bagnato. Fuori, oramai, era notte fatta. La taverna era quasi vuota e dalla sala da ballo veniva un gran chiasso. Dopo che ebbi pagato mi trovai ad avere ancora due marchi.

«Domattina andate via presto?», mi chiese la donna.

«Sì», risposi.

«Allora è meglio che la camera la paghiate subito».

«Ho già pagato».

«Ah, va bene», disse. «Ma i piatti e i bicchieri, per favore, portatemeli poi giù. Sapete, abbiamo fatto esperienze così curiose. Me li porterete, vero?».

«Certo», promisi.

Käte era distesa supina e fumava.

«Che bel posto», disse quando sedetti accanto a lei. «È stata un'idea magnifica, tornare ancora una volta in un albergo. È da un bel po' che non si va più in un albergo. Costa caro?».

«Otto marchi».

«Ma li hai poi ancora?».

«Ho già pagato. Adesso non ho che due marchi». Lei prese la sua borsetta, ne rovesciò il contenuto sulla coltre. Tra lo spazzolino per i denti, l'astuccio del sapone, il rossetto e alcune medaglie pescammo il resto dei soldi che le avevo dati alla fiera. C'erano ancora quattro marchi.

«Che bellezza!», esclamai. «Ci bastano per far colazione insieme».

«Conosco un bel posticino», disse lei, «dove possiamo far colazione. Subito dietro il sottopassaggio, venendo da questa parte, a sinistra».

La guardai in viso.

«Si sta bene, là dentro, c'è una ragazza incantevole e un vecchio. Fanno un buon caffè. È là che ho fatto debiti».

«C'era anche lo scemo?», domandai.

Lei si tolse di bocca la sigaretta e mi fissò:

«Ci vai spesso?».

«No, ci sono andato stamattina per la prima volta. Vuoi che andiamo là, domani mattina?».

«Sì», rispose. Si girò di nuovo dall'altra parte, verso la finestra, e mi voltò la schiena. Volli porgerle il piatto e la birra, ma lei disse: «Non importa, mangio più tardi».

Le rimasi seduto accanto, benché lei si fosse voltata in là, e sorseggiai la mia birra. Alla stazione tutto taceva. Attraverso la finestra vedevo, lungo il grattacielo dietro la stazione, la grande bottiglia di cognac circonfusa di luce che pende lassù in permanenza contro il cielo: nella cavità panciuta della bottiglia si vede la sagoma di un bevitore. E in cima al grattacielo un rincorrersi di frasi luminose sempre diverse: fulgide lettere si venivano srotolando dal nulla. Lessi con grande lentezza: DATE RETTA... la riga era scomparsa...

EVITATE LA SPRANGHETTA uscì tremolando dal buio della notte. Poi qualche secondo di vuoto, in cui mi prese una strana tensione... VOLETE BERE FINO A DOMATTINA? ricominciarono a scorrere le lettere, piombarono nel nulla, altri pochi secondi di vuoto, poi, accendendosi tutte in una volta: PRENDETE DOLORINA. Tre, quattro volte fiammeggiò rossa la scritta, emergendo dal nulla: PRENDETE DOLORINA. Poi color giallo veleno: AFFIDATI AL TUO DROGHIERE!

«Fred», disse Käte improvvisamente, «credo che non sia piacevole per te se parliamo di quella cosa che vorresti sapere. Per questo vorrei che non se ne parlasse. Devi sapere tu stesso quello che devi fare, ma anche se sono incinta non vorrei che tu tornassi a casa per urlare e picchiare i bambini, benché tu sappia benissimo che non ne hanno nessuna colpa. Non lo vorrei proprio. Non passerebbe molto che cominceremmo a bisticciarci anche tra di noi. E questo non lo vorrei. Da te, poi, Fred, non ci posso più venire».

Rimase coricata con la schiena rivolta verso di me, fissammo tutti e due la scritta luminosa in cima al grattacielo, che ora cambiava sempre più in fretta, a scatti improvvisi, scrivendo nella notte, in tutti i colori, la frase: AFFIDATI AL TUO DROGHIERE!

«Mi hai sentito?».

«Sì», risposi. «Ti ho sentito. Perché non puoi più venire da me?».

«Perché non sono una prostituta. Non ho niente contro le prostitute, Fred, ma io non lo sono. È terribile per me raggiungerti, unirmi con te da qualche parte, nell'anticamera di una casa distrutta o in mezzo a un campo, e poi tornarmene a casa. Ho sempre l'atroce sensazione che tu abbia dimenticato di mettermi in mano cinque o dieci marchi, quando salgo sul tram. Non so che cosa prendano quelle donne, quando si sono date a qualcuno».

«Prendono molto meno, credo». Finii di bere la birra, mi girai verso il muro, guardai il disegno cuoriforme della tappezzeria verdastra. «Questo dunque significa che ci separiamo».

«Sì», confermò. «Credo che sia meglio. Non intendo affatto esercitare una qualsiasi pressione su di te, Fred; tu mi conosci, del resto; ma credo che sia meglio che ci separiamo. I bambini non capiscono più nulla... mi credono, sì, quando dico che sei malato... ma per malato intendono qualcos'altro. E poi tutte le chiacchiere che si fanno in casa finiscono per influenzarli. I bambini diventano grandi, Fred. Sono sorti tanti di quegli equivoci! Certuni credono persino che tu abbia un'altra donna. Non è mica vero, no, Fred?». Giacevamo voltandoci la schiena, e faceva l'impressione che lei parlasse a un terzo.

«No», risposi, «non ho nessun'altra donna, lo sai bene».

«Non si può mai sapere», disse lei. «Certe volte ne ho dubitato, non sapendo dove abitavi».

«Non ho nessun'altra donna», ripetei. «Io non ti ho mai mentito, lo sai».

Lei parve riflettere. «No», convenne poi. «Credo che tu non mi abbia mai mentito. Almeno, non me ne ricordo».

«Lo vedi?». Bevetti un sorso della sua birra, che mi stava accanto sulla sedia.

«In fondo la tua è una vita comoda», riprese. «Bevi quando ne hai voglia, vai a spasso nei cimiteri, non hai che da darmi un colpo di telefono e io arrivo, quando hai desiderio di vedermi... e la notte dormi in casa di quel dantista».

«Non dormo che assai di rado dai Block. Di solito mi rintano da qualche altra parte: non posso sopportarla, quella casa. È così grande e vuota e bella, molto di buon gusto. Non posso sopportarle, quelle case arredate con gusto».

Mi rigirai dall'altra parte, guardai, al di là della schiena di Käte, la scritta luminosa in cima al grattacielo, ma era ancor sempre la stessa frase: AFFIDATI AL TUO DROGHIERE!

Quella frase non cambiò per tutta la notte, fiammeggiando su dal nulla in tutti i colori dell'arcobaleno. Rimanemmo coricati là un bel pezzo, fumando in silenzio. Più tardi mi alzai e chiusi le tende, ma anche attraverso la loro sottile stoffa continuammo a vedere la scritta.

Ero molto stupito di Käte. Non aveva mai parlato così con me. Le lasciai la mano appoggiata sulla spalla e non dissi nulla. Rimase distesa con la schiena dalla mia parte, aprì la borsetta, sentii lo scatto dell'accendisigari e vidi il fumo che, da dove si trovava lei, saliva verso il soffitto.

«Vuoi che spenga la luce?», domandai.

«Sì, è meglio».

Scesi dal letto, spensi la luce e mi ricoricai accanto a lei. Si era voltata sulla schiena, e io ebbi un sobbalzo quando, cercando con la mano la sua spalla, toccai improvvisamente la sua faccia, ch'era tutta bagnata di lacrime. Non riuscii a dir nulla, tolsi la mano di là, cercai sotto la coperta la sua piccola solida mano e la tenni stretta. Fui lieto che me la lasciasse tenere.

«Maledizione», esclamò lei nel buio. «Ogni uomo dovrebbe sapere quel che fa, quando si sposa».

«Farò tutto il possibile», dissi, «proprio tutto il possibile perché si ottenga un alloggio».

«Ma fammi il santo piacere», replicò, e sembrava quasi che ridesse. «Non dipende mica dall'alloggio. Credi sul serio che dipenda da quello?».

Mi rizzai a sedere, cercai di vedere la sua faccia. Le lasciai andare la mano, vidi sotto di me il suo viso pallido, la sottile scriminatura tra i capelli, quel bianco sentiero che avevo percorso così spesso, e quando in cima al grattacielo si accese la solita scritta le vidi distintamente il volto, inondato di luce verde: sorrideva davvero. Mi ridistesi sulla schiena, e questa volta fu lei a cercarmi la mano e a tenermela stretta.

«Credi davvero che non dipenda da quello?».

«No», rispose con molta convinzione. «No, no. Sii sincero, Fred. Se venissi improvvisamente a dirti che ho trovato un alloggio, tu ne saresti contento o no?».

«Ne sarei contento», risposi subito.

«Contento per noi».

«No, sarei contento di poter vivere ancora con voi. Come puoi pensare...?».

Tornò tutto buio. Ci voltavamo di nuovo la schiena, e di tanto in tanto io mi giravo a vedere se Käte si era voltata in qua, ma lei rimase quasi mezz'ora a fissare la finestra senza dir nulla, e quand'io mi giravo vedevo accendersi in cima al grattacielo la scritta AFFIDATI AL TUO DROGHIERE!

Dalla stazione giungeva l'amabile parlottio dell'annunciatore, dalla taverna sotto di noi il chiasso delle coppie danzanti, e Käte taceva. Mi costò un certo sforzo ricominciare a parlare, ma improvvisamente dissi: «Non vuoi mangiare, almeno?».

«Sì», rispose. «Passami il piatto, per favore, e accendi la luce».

Mi alzai, accesi la luce e mi ridistesi con la schiena rivolta verso di lei. La sentii mangiare il cetriolo, la polpetta. Le porsi il boccale di birra, lei mi disse: «Grazie», e io la sentii bere. Mi girai sulla schiena e le posai una mano sulla spalla.

«È davvero intollerabile, per me, Fred», disse sottovoce e io fui lieto che avesse ripreso a parlare. «Io ti capisco, ti capisco forse troppo. Conosco i sentimenti che provi, e so quanto è seducente, alle volte, rigirarsi nel fango. Lo so bene... e forse sarebbe meglio che tu avessi una moglie che queste cose non le capisse. Ma tu dimentichi i bambini: i bambini ci sono, esistono, e come stanno le cose la situazione mi è insopportabile per riguardo a loro. Tu sai come fu quando tutti e due avevamo cominciato a bere. Fosti proprio tu a pregarmi di smettere».

«Era tremendo, quando si tornava a casa e i bambini sentivano l'odore dell'alcool. Ma fu colpa mia se cominciasti a bere anche tu».

«Non ci tengo a stabilire di chi fosse la colpa». Posò il piatto e bevve un sorso di birra. «Io non so e non saprò mai di che cosa tu sia colpevole o no, Fred. Non voglio offenderti, Fred, ma t'invidio».

«M'invidi?».

«Sì, t'invidio perché non sei una donna incinta. Tu puoi svignartela, e io riesco persino a capirlo. Te ne vai a spasso per ore e ore nei cimiteri, ti ubriachi di malinconia, quando non hai soldi per comprarti l'acquavite. Ti ubriachi del dispiacere di non vivere con noi. So bene che ami i bambini, e anche me: tu ci ami molto... ma non pensi mai che una situazione che ti riesce così insopportabile da farti fuggire, per noi rappresenta una morte lenta, perché tu non ci stai vicino. E non pensi mai che soltanto la preghiera potrebbe giovare. Tu non preghi mai, vero?».

«Molto di rado», ammisi. «Non ne sono capace».

«Si vede, Fred, a guardarti... Sei invecchiato, hai già proprio l'aspetto del vecchio, di un povero vecchio scapolo. Dormire di tanto in tanto con la propria moglie non significa essere sposati. Durante la guerra mi dicesti una volta che avresti preferito abitare con me in un'immonda cantina piuttosto che fare il soldato. Non eri più un ragazzo quando scrivesti quella frase, avevi trentasei anni. Certe volte penso che la guerra ti ha irrimediabilmente distrutto. Prima eri diverso».

Ero molto stanco, e tutto ciò che lei mi diceva mi rendeva triste, perché sapevo che aveva ragione. Volevo chiederle se mi amava ancora, ma ebbi paura che facesse un effetto stupido. Prima non avevo mai temuto che qualcosa facesse un effetto stupido: le dicevo qualsiasi cosa mi venisse in mente. Ma adesso non le chiesi se mi amava ancora.

«Può darsi», dissi stancamente, «che la guerra mi abbia fregato. Penso quasi sempre alla morte, Käte: è un pensiero che mi fa impazzire. In guerra c'era una infinità di morti che non vedevo mai, dei quali sentivo soltanto parlare. Voci indifferenti, al telefono, enunciavano cifre, e quelle cifre si riferivano ai morti. Cercavo di immaginarmeli, e ci riuscivo: trecento morti, una vera e propria montagna. Per tre settimane, una volta, mi trovai in quel posto che chiamano il fronte. Vidi come son fatti i morti. Qualche volta dovevo uscire in piena notte per riparare la linea telefonica, e al buio m'imbattevo spesso in qualche morto. Era così buio che non potevo vedere niente, niente. Tutto era nero, e io strisciavo seguendo il cavo che stringevo in mano, finché non trovavo il punto dove s'era spezzato. Riparavo i fili, vi innestavo l'apparecchio di controllo, mi rannicchiavo là nel buio, mi gettavo a terra quando saliva in cielo un razzo di segnalazione e si metteva a sparare qualche bocca da fuoco, e in quelle tenebre parlavo con uno che sedeva nel bunker a trenta, quaranta metri di distanza... ma era lontano, molto lontano, ti dico: più lontano di quanto Dio possa essere lontano da noi».

«Dio non è lontano», mormorò lei.

«Era lontano», soggiunsi. «A molti milioni di chilometri di distanza, si trovava la voce con cui parlavo per controllare che la linea funzionasse. Poi, lentamente, strisciavo indietro, il cavo in mano, al buio urtavo di nuovo i morti, e certe volte mi coricavo loro accanto. Una volta ci rimasi per una notte intera. Gli altri credevano che fossi morto, mi avevano cercato, dandomi già per spacciato, ma io giacqui tutta la notte tra i morti che non vedevo, che sentivo soltanto... giacqui in mezzo a loro, non so perché... e non mi annoiai affatto. Quando gli altri mi trovarono credettero che fossi stato ubriaco. Mi annoiai, sì, quando fui costretto a tornare tra i vivi... non puoi immaginare quanto la maggioranza degli uomini sia noiosa. I morti, invece, sono magnifici».

«Sei tremendo, Fred», disse lei, ma non mi lasciò andare la mano. «Dammi una sigaretta».

Trassi di tasca le sigarette, gliene diedi una, accesi un fiammifero e mi chinai su di lei, per vedere il suo volto. Mi parve che sembrasse più giovane, che stesse meglio e che fosse assai meno gialla di prima.

«Non ti senti più male?», dissi.

«No», rispose, «più niente. Sto bene, adesso. Ma ho paura di te, veramente».

«Non hai da aver paura di me. E non è vero che è stata la guerra a rovinarmi. Sarei così lo stesso... Mi annoio, ecco tutto. Dovresti sentire quel che mi ronza tutto il santo giorno negli orecchi: per lo più chiacchiere insulse».

«Dovresti pregare», suggerì. «Sul serio. È l'unica cosa che non possa mai annoiare».

«Prega tu per me», dissi. «Una volta sapevo pregare, ora non mi riesce più bene».

«Ci vuole molto allenamento. Devi essere ostinato. Ricominciare sempre daccapo. E non bere, se no è inutile».

«Quando sono ubriaco, certe volte, riesco a pregare abbastanza bene».

«Non va, Fred. Per pregare bisogna essere sobri. È come trovarsi all'entrata di un ascensore e aver paura di saltarci dentro: devi sempre tornare a prendere la rincorsa, ma poi improvvisamente ti trovi nell'ascensore e quello ti porta in alto. Certe volte lo sento proprio, Fred, quando la notte veglio nel letto e piango, e finalmente tutto è silenzio: allora spesso sento proprio che mi sto aprendo una strada. Tutto il resto, allora, mi diviene indifferente, l'alloggio e la sporcizia, anche la miseria, persino il fatto che tu non ci sia in quei momenti non m'importa nulla. Non deve mica durare a lungo, Fred, ancora trenta, quarant'anni, e fino allora dobbiamo resistere. Io penso, anzi, che dovremmo provare a resistere insieme. Fred, tu sogni, t'illudi, e sognare è pericoloso. Capirei ancora, se tu ci avessi abbandonati per seguire una donna. Sarebbe terribile, per me, ben più terribile di quel che sia ora, ma potrei capirlo. Per quella ragazza, Fred, che serve il caffè nella baracca dirimpetto alla chiesa riuscirei a capirlo».

«Ti prego», dissi, «non parlarne».

«Ma tu te ne sei andato per sognare, e questo è male. La vedi con piacere, vero, la piccola del caffè?».

«Sì, la vedo con piacere. La vedo con molto piacere. Andrò spesso da lei, ma non mi verrebbe mai in mente di abbandonarti per causa sua. È molto devota».

«Devota? E come lo sai?».

«Perché l'ho vista in chiesa; solo un momento, inginocchiata, che riceveva la benedizione. Mi fermai in chiesa non più di tre minuti: lei era là, ginocchioni, accanto allo scemo, e il prete li benedisse entrambi. Ma vidi subito ch'era molto pia, lo capii dai suoi movimenti. La seguii perché mi aveva toccato il cuore».

«Che cosa aveva fatto?».

«Mi aveva toccato il cuore», dissi.

«Ho toccato anch'io il tuo cuore?».

«Più che toccarmelo, tu me l'hai girato dall'altra parte. Ero addirittura ammalato, in quel tempo. Non ero più giovane, avevo quasi trent'anni... ma il cuore me l'hai voltato dall'altra parte. Credo che si dica così. Io ti amo molto».

«Ci sono state altre donne che ti hanno toccato il cuore?».

«Sì», ammisi. «Una bella serie. Furono in parecchie a toccarmi il cuore. Del resto l'espressione non mi piace, ma non so come altro dire. "Toccare dolcemente", forse dovrei dire così. Una volta, a Berlino, vidi una donna che mi toccò il cuore. Ero affacciato al finestrino del treno, quando improvvisamente un altro treno entrò in stazione sul binario accanto. Davanti al mio finestrino se ne fermò un altro, e il vetro venne tirato giù (era tutto appannato) e io vidi la faccia di una donna che mi toccò il cuore. Era molto bruna e di alta statura, e io le sorrisi. In quella il mio treno partì, io mi chinai in avanti, e salutai con la mano finché la potei scorgere. Non l'ho vista mai più, e nemmeno lo volevo».

«Eppure ti ha toccato il cuore. Raccontami tutte queste storie di toccamenti, Fred. Ti ha salutato anche lei con la mano, quella toccatrice?».

«Sì, mi salutò con la mano. Bisogna che ci pensi un poco, allora mi tornano certo in mente anche le altre. Ho buona memoria, io, per le fisionomie».

«Forza, allora», m'incoraggiò. «Pensaci, Fred».

«Coi bambini mi succede spesso», dissi. «Del resto anche coi vecchi, con le vecchiette».

«E io, invece, il cuore te l'ho solo girato».

«Me l'hai anche toccato», replicai. «Oh cara, non costringermi, adesso, a ripetere tante volte questa parola. Quando penso a te, mi succede spesso: ti vedo scendere le scale, bighellonare tutta sola per la città, ti vedo far le compere, allattare il piccolo. Allora, nei tuoi riguardi, sento quella cosa».

«La piccola del caffè, però, adesso è tanto vicina...».

«Forse quando la rivedo sarà diverso».

«Forse», annuì. «Vuoi un altro po' di birra?».

«Sì», risposi. Mi porse il boccale e io lo vuotai. Poi mi alzai, accesi la luce, presi i boccali e i piatti vuoti, e li portai abbasso. Addossati al banco c'erano due uomini che mi sogghignarono in faccia quando mi videro posare sulla lastra i piatti e i boccali vuoti. Ora c'era di nuovo l'ostessa, con quella sua bianca faccia senza pori. Mi accennò che andava bene. Tornai su immediatamente. Käte, quando entrai in camera, mi guardò e sorrise.

Spensi la luce, mi spogliai al buio e mi stesi nel letto. «Sono solo le dieci», dissi.

«Che bellezza!», esclamò. «Abbiamo quasi nove ore di sonno».

«Fino a che ora resta coi bambini, quel giovanotto?».

«Fin poco prima delle otto».

«Noi, però, faremo la colazione in santa pace».

«Ci sveglieranno?».

«No, ma mi sveglio da solo, stai tranquilla».

«Sono stanca, Fred», disse lei. «Ma raccontami qualche altra cosa. Storie di toccamenti non ne sai più?».

«Forse me ne verrà ancora in mente qualcuna...».

«Coraggio», m'incitò. «Sei proprio un caro ragazzo, ma certe volte ti bastonerei. Ti amo».

«Sono contento che tu me lo dica. Avevo paura di chiedertelo».

«Un tempo ce lo chiedevamo ogni tre minuti».

«Per anni e anni».

«Per anni e anni», ripeté. «Avanti, racconta», riprese, mi riafferrò la mano e la tenne stretta.

«A proposito di donne?», domandai.

«No», rispose. «Meglio uomini o bambini, oppure donne anziane. Queste storie di donne giovani mi mettono sempre un certo disagio».

«Non hai nulla da temere», dissi. Mi piegai su di lei, la baciai sulla bocca, e quando mi ridistesi supino il mio sguardo andò oltre i vetri e vidi la scritta luminosa AFFIDATI AL TUO DROGHIERE!

«Avanti», disse lei.

«In Italia», cominciai, «mi hanno toccato il cuore moltissime persone. Uomini e donne, giovani e vecchi, anche bambini. Perfino donne ricche. Perfino, sì, perfino uomini ricchi».

«E un momento fa dicevi che l'umanità è noiosa».

«Mi sento tutto un altro, e sto infinitamente meglio, da quando so che tu mi ami ancora. Mi avevi detto cose terribili».

«E non ritiro niente. Ma ora giochiamo un poco, Fred. Non dimenticare che stiamo giocando. Poi si tornerà a fare sul serio. E io non ritiro niente... e che io ti ami non significa nulla. Anche tu ami i tuoi figli, ma non te ne curi un accidente».

«Oh, lo so», dissi. «Me l'hai detto abbastanza chiaro. Ma ora scegli tu, per me è lo stesso: uomo, donna o bambino, e in che paese?».

«Olanda», rispose. «Un uomo olandese».

«Oh, sei cattiva!», esclamai. «È difficile trovare un uomo olandese che ti tocchi il cuore. Sei proprio cattiva; eppure durante la guerra, una volta, ho visto davvero un olandese che mi ha toccato il cuore, e per di più era ricco. Ma aveva già cessato di esserlo. Quando attraversai Rotterdam... era la prima città distrutta dai bombardamenti che vedessi... Strano, ora sono arrivato al punto che una città non distrutta mi dà un senso d'oppressione... ma allora ero tutto sconvolto, guardavo la gente, guardavo le macerie...».

Sentii la stretta della sua mano allentarsi a poco a poco, mi chinai su di lei e vidi che dormiva: nel sonno il suo volto ha un'aria altera, molto scostante, la sua bocca è lievemente socchiusa e ha un'espressione di dolore. Mi ridistesi sulla schiena, fumai un'altra sigaretta e vegliai ancora lungamente al buio, ripensando a tante cose. Cercai anche di pregare, ma non ne fui capace. Per un istante meditai di scendere a pian terreno, di ballare almeno una volta con qualche giovane operaia della fabbrica di cioccolata, di buttar giù un altro bicchiere d'acquavite e giocare un po' coi biliardini, che a quell'ora erano certo liberi. Ma rimasi a letto. Ogni volta che in cima al grattacielo si accendeva la scritta luminosa, rischiarando la tappezzeria verdastra disegnata a cuori, lungo il muro si stampava l'ombra della lampada, e si distinguevano i disegni delle coperte di lana: orsi che giocavano a palla trasformati in altrettanti uomini, atleti forzuti che si gettavano l'un l'altro grandi bolle di sapone. L'ultima cosa che vidi, però, prima di addormentarmi, fu la scritta:

AFFIDATI AL TUO DROGHIERE!

XII

Mi svegliai ch'era ancor buio. Avevo dormito un sonno profondo e appena desta provai un senso di grande benessere. Fred, rivolto al muro, stava ancora dormendo, e di lui non vedevo che la magra nuca. Mi alzai, tirai da parte la cortina e, al di là della stazione, vidi il pallido grigiore dell'alba. Arrivavano treni illuminati, la voce pacata dell'annunciatore giungeva, oltre le macerie, fino all'albergo, si udiva il rombar cupo dei convogli. In casa tutto era silenzio. Avevo fame. Lasciai la finestra aperta, mi ricoricai nel letto e attesi. Ma oramai non ero più tranquilla, non facevo che pensare ai bambini, mi struggevo di rivederli, e non sapevo che ora fosse. Poiché Fred dormiva ancora, non dovevano nemmeno essere le sei e mezzo, perché a quell'ora lui regolarmente si sveglia. Avevo ancor tempo. Mi alzai di nuovo, infilai il pastrano, misi le scarpe sui piedi nudi e girai pian piano intorno al letto. Aprii cautamente la porta, cercai a tentoni il gabinetto nella penombra di quel sudicio corridoio e finalmente lo trovai in un buio angolo maleodorante. Quando tornai, Fred dormiva ancora. Vedevo gli orologi luminosi della stazione, fulgidi dischi giallastri, ma non riuscivo a vedere che ora segnavano. In cima al grattacielo si accese la solita scritta, vividamente stagliata su quella grigia oscurità:

AFFIDATI AL TUO DROGHIERE!

Mi lavai attenta a non far rumore, mi vestii e quando mi voltai a guardare vidi Fred che mi stava contemplando: era

steso sul letto e ammiccava, si accese una sigaretta e disse:
«Buon giorno».
«Buon giorno», risposi.
«Non ti senti più male?».
«No, tutto passato», risposi. «Mi sento benissimo».
«Bene», disse lui. «Non occorre che ti affretti».
«Bisogna che vada, Fred», replicai. «Non ho più pace».
«Non vogliamo far colazione insieme?».
«No».

La sirena della fabbrica di cioccolata ululò forte, tre volte il suo grido selvaggio tagliò l'aria mattutina. Sedetti sull'orlo del letto, mi allacciai le scarpe e sentii che Fred, alle mie spalle, mi toccava i capelli. Se li fece scivolare dolcemente tra le dita e disse: «Se è vero quel che mi hai detto ieri, non ci rivedremo più tanto presto. Non ti sembra dunque il caso di prendere almeno il caffè insieme?».

Non risposi, tirai su la chiusura lampo della gonna, mi abbottonai la camicetta, andai allo specchio e mi pettinai senza guardarmi in esso, e intanto mi sentivo battere il cuore. Solo adesso mi resi conto di tutto ciò che avevo detto ieri, e non volevo ritirarlo. Avevo nutrito una ferma fiducia che lui sarebbe tornato, ma ora tutto mi pareva incerto. Lo sentii alzarsi, lo vidi nello specchio, ritto là accanto al letto, e notai quant'era malandato. Aveva dormito con la camicia che portava durante il giorno, i capelli erano scarmigliati, la faccia aveva un'espressione arcigna, mentre si stava tirando su i calzoni. Continuai a pettinarmi meccanicamente. La sola possibilità che Fred potesse davvero lasciarci soli... non ci avevo mai pensato seriamente... ora però ci pensavo: e il cuore mi si fermò, ricominciò a battere forte, si fermò di nuovo. Lo guardai con grande attenzione mentre lui, la sigaretta tra le labbra, infilava scarpe e calzini. Poi si arrestò sospirando, si passò le mani sulla fronte, sulle sopracciglia, e io non riuscii a convincermi di essere sposata con lui da quindici anni: mi era estraneo, quel tipo annoiato, indifferente, che ora sedeva sul letto e prendeva la testa tra le mani. Mi lasciai affondare nello specchio e pensai alla promessa di un'altra vita, che dev'essere senza nozze: dovrebbe essere bella una vita in cui non ci si sposa, dove non esistono mariti assonnati che, appena svegli, allungano la mano a prendere una sigaretta. Ritirai il mio sguardo dallo specchio, mi fissai i capelli con le forcine e mi accostai alla finestra. Si era fatto più chiaro, un bel colore grigio-perla, oltre la stazione, che accolsi in me senza saperlo: sognavo ancora di quella vita senza matrimoni che ci è stata promessa, sentivo il ritmo di canti liturgici, mi vidi in compagnia di uomini con cui non ero sposata e dei quali sapevo che non desideravano approdarmi in grembo.

«Posso usare il tuo spazzolino da denti?», domandò Fred dal lavabo. Lo guardai, risposi esitante: «Sì», e di colpo tornai alla realtà.

«Santo cielo», dissi esasperata, «ma togliti almeno la camicia, quando ti lavi».

«Ah, che importa», brontolò. Ripiegò in dentro il colletto della camicia, si strofinò la faccia, la nuca, il collo con un asciugamano inumidito, e l'indifferente flemma dei suoi movimenti m'irritò.

«Mi affiderò a un droghiere», disse. «Acquisterò uno spazzolino da denti degno di fiducia. Anzi, tutta la nostra fiducia doniamola in blocco ai droghieri».

«Fred», dissi con impeto, «non so come tu possa scherzare. Non ho mai saputo che tu ti svegliassi così di buon umore, la mattina».

«Non sono affatto di buon umore», ribatté, «e nemmeno

il contrario, benché sia dura non aver ancora fatto colazione, non avere ancor preso il caffè».

«Oh, ti conosco», gli dissi. «A te basta che ti tocchino il cuore».

Si stava pettinando col mio pettine; ora si fermò di colpo e si volse a guardarmi: «Ti ho invitata a far colazione con me, gioia cara», mi disse con dolcezza, «e tu non mi hai ancora risposto».

Si volse di nuovo in là, continuò a pettinarsi e disse dentro lo specchio: «Quei dieci marchi non posso darteli che la settimana prossima».

«Lascia perdere... Non sei tenuto affatto a darmi tutto il tuo danaro».

«Ma vorrei farlo», replicò, «e ti prego di accettarlo».

«Grazie, Fred», dissi. «Davvero, ti ringrazio. Se vogliamo far colazione, è tempo di muoverci».

«Sicché ci vieni?».

«Sì».

«Ah, benissimo».

Si infilò la cravatta sotto il colletto, se l'annodò e andò vicino al letto a prendere la giacca.

«Ritornerò, Käte», disse a un tratto con veemenza. «Tornerò certamente, tornerò da voi, ma non vorrei essere costretto a fare una cosa che farei volentieri di mia spontanea volontà».

«Fred, mi pare che su questo argomento non ci sia più nulla da dire».

«No», disse, «hai ragione. Sarebbe bello rivederti in una vita in cui potessi amarti, amarti come ti amo adesso, senza che ci dovessimo sposare».

«Ci pensavo proprio adesso», mormorai, e non riuscii più a trattenere le lacrime.

Lui mi raggiunse girando in fretta intorno al letto, mi abbracciò, e lo sentii dire, mentre il suo mento mi posava sul capo: «Dovrebbe essere bello ritrovarti là. Spero che non ti spaventerai, se mi vedrai spuntare anche lassú».

«Oh, Fred, pensa ai bambini».

«Ci penso», disse lui. «Ci penso ogni giorno. Dammi almeno un bacio».

Alzai il capo e lo baciai.

Lui mi lasciò andare, mi aiutò a mettermi il cappotto e io, mentre Fred finiva di vestirsi, misi la nostra roba nella borsa.

«Sono più felici quelli che si sposano senza amarsi», osservò lui. «È tremendo volersi bene e sposarsi».

«Forse hai ragione», dissi.

Faceva ancora buio, e in corridoio dall'angolo della toeletta veniva un acre puzzo. Il ristorante, sotto, era chiuso, e non si vedeva in giro anima viva, tutte le porte erano serrate. Fred appese la chiave a un grosso chiodo presso l'entrata del ristorante.

La strada era piena di ragazze che si avviavano alla fabbrica di cioccolata: mi sorprese la letizia dei loro volti. La maggior parte di esse camminavano sottobraccio e ridevano tutte insieme.

Quando entrammo nella baracchetta del bar, alla cattedrale suonavano le sette meno un quarto. La ragazza ci voltava la schiena, era occupata alla macchina del caffè. C'era un solo tavolino libero. Lo scemo sedeva accanto alla stufa e succhiava il suo lecca-lecca. Faceva caldo e c'era molto fumo. La ragazza, quando si voltò, mi sorrise, disse: «Oh», poi guardò Fred, poi di nuovo me, sorrise ancora e si affrettò al tavolo libero per pulirlo con uno straccio. Fred ordinò caffè, burro e panini.

Ci sedemmo, e mi fece piacere notare che la ragazza si era

veramente rallegrata: le sue orecchie s'erano un po' arrossate di zelo, mentre preparava i piatti per noi due. Ma io non avevo pace, pensavo continuamente ai bambini e fu tutt'altro che una bella colazione. Anche Fred era inquieto. Vidi che non sbirciava la ragazza che di rado, e cercava di guardar me quando io volgevo gli occhi altrove, salvo a sviare immediatamente i suoi non appena io lo guardavo in faccia. Nel locale entrò un sacco di gente, la ragazza distribuiva panini, latte e salcicce, riceveva soldi, contava il resto e di tanto in tanto mi dava un'occhiata e mi faceva come un sorriso d'intesa, l'intesa su qualche cosa ch'essa pareva presupporre tacitamente. Quando c'era un po' di respiro si avvicinava all'idiota, gli puliva la bocca, gli sussurrava il suo nome. Io ripensavo a tutto ciò ch'essa mi aveva detto di lui. Ebbi però un vero spavento quando, a un tratto, entrò il prete dal quale mi ero confessata il giorno prima. Egli sorrise alla ragazza, le diede del danaro e lei gli porse attraverso il banco un rosso pacchetto di sigarette. Anche Fred lo guardava con estrema attenzione. Il prete aprì il pacchetto, girò uno sguardo indifferente per tutto il locale, mi scorse, e io vidi che sussultò. Smise di sorridere, si cacciò la sigaretta sciolta nella tasca del pastrano nero, fece per venire verso di me, arrossì e tornò indietro.

Mi alzai e gli andai incontro.

«Buon giorno, reverendo», dissi.

«Buon giorno», rispose, si guardò intorno, impacciato, e bisbigliò: «Debbo parlarvi, stamattina sono già stato a casa vostra».

«Dio mio!», mormorai.

Ripescò in tasca la sigaretta, se la mise in bocca e sussurrò, mentre accendeva il fiammifero: «Siete assolta, il Sacramento è valido... Sono stato molto sciocco, scusatemi».

«Tante grazie», dissi. «Com'era, a casa mia?».

«Ho solo parlato con una signora anziana. Era vostra madre?».

«Mia madre?», esclamai inorridita.

«Venite a trovarmi, un giorno», disse, e uscì molto in fretta.

Fred non parlò, quando tornai al tavolo. Aveva un aspetto tormentato. Gli posai la mano sul braccio. «Debbo andare, Fred», dissi piano.

«Non ancora, debbo parlarti».

«Qui non è possibile, più tardi. Santo cielo, hai avuto tempo tutta la notte».

«Ritornerò», mi bisbigliò allora. «Presto. Tieni un po' di soldi per i piccoli, l'avevo loro promesso, ricordi? Compra qualcosa, un gelato, per esempio, se ne hanno voglia».

Posò un marco sul tavolino. Lo presi e lo infilai nella tasca del mantello.

«Più tardi», sussurrò, «riceverai quello che ancora ti devo».

«Oh, Fred», lo supplicai, «non parliamone più».

«No», disse, «mi fa così male pensare che forse ti ho...».

«Telefonami», gli sussurrai in risposta.

«Verrai, se ti telefono?», mi chiese.

«Non dimenticare che ho ancora da pagare un caffè e tre frittelle».

«Ci penso io, ma vuoi già proprio andare?».

«Debbo, Fred».

Lui allora si alzò, io rimasi seduta e lo vidi ritto là davanti al banco, in attesa. La ragazza, mentre Fred pagava, mi sorrise. Io mi alzai e andai con Fred alla porta. «Tornerete?», chiese lei, io mi voltai a risponderle: «Sì», e gettai ancora uno sguardo sullo scemo, che se ne stava là seduto col bastoncino, senza più zucchero, ficcato in bocca.

Fred mi accompagnò all'autobus. Non ci scambiammo

più una parola, ci baciammo in fretta quando l'autobus giunse e poi vidi Fred là fermo, come l'avevo visto tante altre volte: malvestito e triste. Lo vidi ancora avviarsi lentamente alla stazione senza più voltarsi indietro.

La mia assenza, mentre salivo le sudicie scale che portavano al nostro alloggio, mi sembrò incredibilmente lunga, e mi venne in mente che non avevo mai lasciati soli i bambini per tanto tempo. La casa era un po' turbolenta: le pentole d'acqua fischiavano, le radio diffondevano la loro allegria ufficiale, e al primo piano Mesewitz litigava con la moglie. Dietro la nostra porta tutto era silenzio: suonai tre volte il campanello e finalmente sentii le voci dei bambini quando Bellermann venne ad aprire. Le distinsi tutte e tre, salutai Bellermann di sfuggita e, passandogli accanto, mi precipitai nella nostra camera per vedere i bambini: sedevano intorno al tavolo, ordinati e composti come con me non sono mai. Vedendomi entrare, i loro discorsi, le loro risa ammutolirono: un attimo solo di silenzio, che mi oppresse dolorosamente, mi atterrì... un solo istante, ma non lo dimenticherò mai più.

Poi i due più grandi si alzarono, vennero ad abbracciarmi. Presi su il piccolo, lo baciai e sentii le lacrime scorrermi lungo le guance. Bellermann si era già infilato il cappotto e aveva il cappello in mano. «Sono stati buoni?», domandai.

«Sì», rispose. «Molto». I bambini lo guardarono e sorrisero.

«Aspettate», gli dissi. Rimisi il piccolo sulla sua sedia, presi il portamonete dal cassetto e uscii nel corridoio con Bellermann. Vidi il cappello della signora Franke, il berretto del signor Franke appesi all'attaccapanni e salutai la signora Hopf che veniva dal gabinetto. Aveva i diavoletti in capo e teneva una rivista in rotocalco sotto il braccio. Aspettai che rientrasse in camera sua, poi guardai Bellermann e chiesi:

«Quattordici, no?».

«Quindici», precisò lui, e mi sorrise.

Gli diedi quindici marchi, dissi: «E tante grazie», e lui rispose: «Oh, non c'è di che», poi sporse di nuovo la testa in camera nostra, disse: «Arrivederci, bambini», e i bambini, di dentro: «Arrivederci».

Quando restammo soli li abbracciai tutti una seconda volta, li scrutai negli occhi, ma non scoprii nulla, nei loro volti, che potesse giustificare la mia paura. Sospirando cominciai a preparare i panini per la scuola: Clemens e Carla rovistavano nelle loro scatole di cartone. Carla dorme su un lettuccio da campo americano, che di giorno ripieghiamo e appendiamo al soffitto, Clemens su un vecchio sofà di felpa, che già da tempo è troppo corto per lui. Bellermann aveva persino rifatto i letti.

«Bambini», dissi, «papà vi manda tanti saluti. Mi ha dato un po' di danaro per voi».

Non risposero.

Carla mi venne vicino, prese il suo pacchetto coi panini imburrati. La osservai: ha i capelli scuri di Fred, quei suoi occhi che improvvisamente sfuggono.

Il piccolo giocava nel seggiolino, ogni tanto alzava gli occhi a guardarmi, quasi volesse assicurarsi della mia presenza, poi continuava a giocare.

«Avete già detto le orazioni?».

«Sì», rispose Carla.

«Papà torna presto», dissi, e sentii per loro una gran tenerezza, tanto che dovetti farmi forza per non scoppiare un'altra volta a piangere.

I bambini tacquero anche adesso. Guardai Carla, che sedeva sulla sedia vicino a me, sfogliava un libro di scuola e beveva il suo latte senza entusiasmo. Improvvisamente alzò gli occhi su di me e disse, tranquilla: «Non è mica vero che è ammalato, dà ancora ripetizioni».

Mi voltai e vidi Clemens, che sedeva sul suo divano con un atlante sulle ginocchia. Mi guardò tranquillo e dichiarò: «Me l'ha detto Beisem, è mio vicino di banco».

Tutto ciò mi riusciva nuovo.

«Ci sono malattie», spiegai, «per cui non è necessario starsene a letto».

I bambini non dissero nulla. Se ne andarono con le loro borse sulle spalle, e io uscii sul pianerottolo e li seguii con lo sguardo. Li vidi allontanarsi lentamente lungo quella strada grigia, le spalle un po' curve sotto il peso dei libri, e fui presa da una grande tristezza, perché vidi me stessa, mi vidi allontanarmi lungo una strada, la borsa sulla schiena, le spalle un po' curve per il peso dei libri. Non vidi più i bambini, vidi soltanto me stessa, dall'alto: una ragazzina con le trecce bionde che meditava su un modello di lavoro a maglia o sull'anno di morte di Carlo Magno.

Quando tornai, la signora Franke stava davanti allo specchio dell'attaccapanni e si aggiustava il velo color lillà sul cappello. Si sentiva già suonare la Messa delle otto. Mi salutò, mi venne incontro, mi si fermò dinanzi, sorridendo, nella buia anticamera, e mi affrontò prima che potessi tornare in camera nostra.

«Corre voce», disse gentilmente, «che vostro marito vi abbia abbandonata per sempre. È vero?».

«È vero», mormorai. «Mi ha abbandonata». E rimasi stupita di non sentire più nessun odio.

«E beve, no?». E fissava il velo al suo bel collo.

«E beve», confermai sottovoce.

C'era un silenzio quasi assoluto. Sentii, in camera nostra, il soave parlottio del mio piccolo, che parlava coi suoi cubetti da costruzione, sentii la voce di un annunciatore radiofonico che diceva cinque, sei, sette volte (riuscivo a distinguerlo nel gran silenzio): «Le sette e trentanove. Forse dovete già lasciare la vostra deliziosa mogliettina, ma può anche darsi che possiate ancora ascoltare la gaia marcetta mattutina di Bulwer...», sentii la musica del mattino, e quell'allegria ufficiale mi fece l'effetto di tante scudisciate. La signora Franke stava di fronte a me, non si muoveva, non diceva nulla, ma io vedevo il luccicore mortale dei suoi occhi, e fui presa dalla nostalgia per quella rauca voce di negro che avevo sentita una volta, una volta sola, e che da allora aspetto invano di riudire, la rauca voce che cantava:

«e non disse nemmeno una parola».

Dissi: «Buon giorno» alla signora Franke, la spinsi da parte e tornai in camera mia. Lei non parlò. Presi in braccio il piccolo, me lo strinsi al seno e sentii la signora Franke che andava a Messa.

XIII

L'autobus si ferma sempre allo stesso posto. La svolta che fa la strada nel punto in cui si deve fermare è alquanto stretta, e ogni volta ne segue uno scossone che mi risveglia. Mi alzo, scendo, e quando ho attraversato la strada mi trovo davanti alla vetrina di un negozio di ferramenta e guardo un cartello che dice: «Scale di tutte le dimensioni, DM 3,20 il gradino». È proprio inutile che consulti l'orologio che sta in cima a quel caseggiato: sono esattamente le otto meno quattro minuti. Se l'orologio segna le otto o le otto passate, io sono certissimo che l'orologio va avanti: l'autobus è più puntuale dell'orologio.

Ogni mattina mi fermo alcuni istanti dinanzi a quel cartello che dice: «Scale di tutte le dimensioni, DM 3,20 il gradino». Vicino a quel cartello c'è una scala a tre gradini, e vicino alla scala, sin dall'inizio dell'estate, una sedia a sdraio, in cui riposa una gran donna bionda di cartapesta o di cera (non so di che materiale siano fatti i pupazzi delle vetrine), che porta un paio di occhiali da sole e legge un romanzo intitolato *L'io in vacanza*. Non riesco a leggere il nome dell'autore, coperto com'è dalla barba di uno gnomo da giardino, che giace di traverso su di un acquario. Tra macinini da caffè, strizzabucato e quella scala, la gran bambola bionda se ne sta sdraiata da ben tre mesi a leggere il romanzo *L'io in vacanza*.

Oggi, però, quando scesi dall'autobus, vidi che il cartello

«Scale di tutte le dimensioni, DM 3,20 il gradino» era scomparso, e la donna che aveva passato tutta l'estate su quella sedia a sdraio a leggere il romanzo *L'io in vacanza* stava ora in piedi sugli sci, vestita d'una tuta di felpa blu e con uno scialle sventolante, e accanto a lei un cartello ammoniva: «Pensate per tempo agli sport invernali».

Ma io non pensai affatto agli sport invernali, andai nella Melchiorstrasse, mi comprai cinque sigarette nel botteghino a sinistra, vicino alla cancelleria, e, passando accanto al portiere, entrai nell'atrio. Il portiere mi salutò: è uno degli amici che ho qui dentro, certe volte viene su da me, fuma la sua pipa e mi racconta gli ultimi pettegolezzi.

Gli feci un cenno col capo e salutai alcuni ecclesiastici che, con le borse sotto il braccio, salivano in fretta le scale. Arrivato sopra, aprii la porta del centralino, attaccai cappotto e mantello, gettai le mie sigarette sul tavolo insieme coi soldi che avevo in tasca, innestai il contatto e sedetti.

Quando siedo al mio posto di lavoro mi prende un senso di pace: ho nell'orecchio quel dolce brontolio, dico: «Centralino», quando qualcuno ha fatto due volte il numero, quando si accende la lampadina rossa, e stabilisco il contatto.

Contai il danaro che giaceva sul tavolo: era un marco e venti. Chiamai il portiere, dissi: «Parla Bogner, buon giorno», appena sentii la sua voce. «C'è già il giornale?».

«Non ancora», rispose. «Appena arriva ve lo porto».

«Niente di nuovo?».

«Niente».

«Allora a tra poco».

«A tra poco».

Alle otto e mezzo ci fu il rapporto del personale che il capufficio Bresgen fa ogni giorno a monsignor Zimmer. Zimmer fa tremare tutti quanti, gli stessi ecclesiastici che lavorano qua, trasferiti dalla cura d'anime all'amministrazione. Non dice mai né «grazie» né «prego», e quando fa il numero e sono costretto a rispondere mi viene un leggero brivido. Ogni mattina, alle otto e mezzo in punto, sento la sua voce:

«Monsignor Zimmer».

Sentii la relazione di Bresgen: «Ammalati: Weldrich, Sick, il cappellano Huchel. Assente finora ingiustificato: il cappellano Soden».

«Che ne è di Soden?».

«Non ne ho la minima idea, monsignore».

Sentii che Zimmer sospirava, come lo sento sospirare spesso quando si fa il nome di Soden, poi la conversazione ebbe termine.

Solo verso le nove le telefonate cominciano a incrociarsi a ritmo serrato. Chiamate provenienti da fuori, chiamate che partono da qui, intercomunali che tocca a me annunciare. Di tanto in tanto mi metto in linea anch'io, sto a sentir la conversazione e constato che anche qui dentro il vocabolario non supera di molto le centocinquanta parole. La parola più usata è «prudenza». Torna continuamente a galla, spunta in mezzo alle altre chiacchiere.

«La stampa di sinistra ha attaccato il discorso di Esse E. Prudenza».

«La stampa di destra ha passato sotto silenzio il discorso di Esse E. Prudenza».

«La stampa cristiana ha lodato il discorso di Esse E. Prudenza».

«Soden è assente ingiustificato. Prudenza».

«Bolz ha un'udienza alle undici. Prudenza».

Esse E è un accorciativo per Sua Eminenza, il vescovo.

I giudici delle cause di separazione parlano al telefono addirittura in latino, quando trattano le loro questioni: li sto sempre a sentire, benché non capisca una parola di quello che dicono. Le loro voci sono serie, ma fa uno strano effetto sentirli ridere di barzellette latine. È curioso, quei due lì, il reverendo Pütz e monsignor Serge, sono gli unici di tutta la casa che abbiano simpatia per me. Alle undici Zimmer telefonò al segretario intimo del vescovo: «Protesta contro l'indelicatezza dei droghieri... prudenza, però. Profanazione, se non addirittura irrisione della processione di san Gerolamo. Prudenza».

Cinque minuti dopo, telefonata di risposta da parte del segretario del vescovo: «Sua Eminenza inoltrerà la protesta per via privata. Un cugino di Sua Eminenza è dirigente dell'associazione droghieri. Dunque prudenza».

«Che cosa è risultato dall'udienza di Bolz?».

«Niente di preciso, per ora: sicché prudenza».

Poco dopo monsignor Zimmer volle parlare con monsignor Weiner:

«Sei trasferimenti dalla diocesi confinante».

«Come sono?».

«Due senz'altro scadenti, tre sfiorano la sufficienza, uno sembra buono. Huckmann. Famiglia aristocratica».

«Ah, conosco, una famiglia eccellente. Come è andata, ieri?».

«Schifosamente. La lotta continua».

«Come?».

«Continua, dico. La lotta. C'era di nuovo aceto nell'insalata».

«Eppure voi avevate...».

«Avevo insistito espressamente da mesi di mettermi solo succo di limone. L'aceto non lo sopporto. È una aperta dichiarazione di guerra».

«Chi credete che ci abbia lo zampino?».

«W.», dichiarò Zimmer. «È certo W. Mi sento malissimo».

«Che affaraccio, ne parleremo ancora».

«Sì, più tardi».

Così, ben presto sarei stato iniziato ai misteri di quella lotta che veniva evidentemente condotta a gocce d'aceto.

Verso le undici e un quarto Serge mi chiamò per telefono.

«Bogner», disse, «avete voglia di fare una scappatina in città?».

«Non posso abbandonare il posto, monsignore».

«Vi faccio dare il cambio per mezz'ora. Solo un salto alla banca. Se avete voglia, s'intende. Certe volte fa piacere uscire un momento».

«Chi è che mi darebbe il cambio?».

«La signorina Hanke. Il mio segretario non c'è, e la Hanke, causa il suo male all'anca, non può andare. Avete voglia?».

«Sì», risposi.

«Ah, lo vedete! Appena arriva la Hanke, venite qua».

La Hanke arrivò subito. Ogni volta provo un leggero spavento quando la vedo entrare nella mia stanza con quel suo strano passo ondulatorio. È sempre lei a darmi il cambio, quando debbo andar via: quando vado dal dentista o a fare qualche commissione per conto di Serge, che vuol darmi un po' di svago. La Hanke è alta, magra e scura, e cominciò a soffrire al bacino appena tre anni fa, quando ne aveva venti. Io non mi stanco mai di guardarla in faccia: ha un viso dolce e pieno di mansuetudine. Mi portò qualche fiore, degli asteri viola, li infilò nel vaso che sta sul davanzale e solo allora mi diede la mano.

«Andate», disse. «E i vostri bambini come stanno?».

«Bene», risposi. «Stanno bene». Mi infilai il cappotto.

«Bogner», mi disse lei sorridendo, «qualcuno vi ha visto ubriaco. Tanto perché lo sappiate, se Zimmer dovesse attaccare una storia».

«Vi ringrazio», dissi.

«Non dovreste bere».

«Lo so».

«E vostra moglie?», indagò, cauta. «Come sta vostra moglie?».

Mi abbottonai il cappotto, la guardai in faccia e dissi: «Ditemi tutto. Che cosa si va dicendo di mia moglie».

«Si dice che aspetta un altro bambino».

«Maledizione», esclamai. «Mia moglie non lo sa che da ieri».

«Il servizio d'informazioni segreto lo sapeva prima di vostra moglie».

«Signorina Hanke», dissi, «che cosa succede?».

Lei rispose a una chiamata, stabilì un contatto, mi guardò sorridendo: «Niente di speciale, credetemi: si dice che voi bevete, che vostra moglie è incinta... inoltre è già un bel po', vero?, che siete diviso da lei».

«Naturale».

«Sicché vedete. Non posso che mettervi in guardia da Zimmer, da Bresgen, dalla signorina Hecht. Ma qui avete anche amici, più amici che nemici».

«Non lo credo».

«Mi dovete credere», ribatté. «Specialmente tra i preti, quasi tutti vi vogliono bene». Sorrise ancora: «Forse è l'affinità del tipo... e del resto non siete l'unico bevitore, sapete».

Risi. «Ditemi un'altra cosa: chi è che fa uccidere lentamente Zimmer con gocce d'aceto?».

«Non lo sapete?», e mi guardò, ridendo stupita.

«No, vi assicuro».

«Mio Dio, mezza diocesi ci fa le matte risate e proprio voi, che sedete qui nel mezzo dello scandalo, non ne sapete nulla. Dunque: Wupp, il decano Wupp ha una sorella che dirige la cucina nel convento "Il manto azzurro di Maria". Occorre che dica di più?».

«Continuate», dissi. «Non so niente di niente».

«Zimmer ha impedito che Wupp fosse fatto monsignore. Contromossa: cinquanta pfennige per una bottiglia di aceto d'infima qualità, che nel convento "Il manto azzurro di Maria" viene tirata fuori da un angoletto nascosto non appena si vede spuntare la figura di Zimmer. E ora andate, Serge vi aspetta».

Le feci un cenno di saluto e andai. Ogni volta che ho parlato con la Hanke mi sento pervaso da una strana leggerezza: essa ha il dono di togliere peso a qualsiasi cosa. Anche il più gretto pettegolezzo si trasforma, grazie a lei, in un amabile gioco di società cui non si può fare a meno di prendere parte.

Nel corridoio intonacato di bianco che porta alla camera di Serge sono stati incastrati nel muro certi bassorilievi barocchi. Serge sedeva alla sua scrivania, sostenendosi il capo con la mano. È ancor giovane, qualche anno più giovane di me, ed è considerato una autorità in fatto di diritto matrimoniale.

«Buon giorno, signor Bogner», disse. «Buon giorno», risposi, mi avvicinai e strinsi la mano che lui mi porgeva. Ha il dono straordinario di darmi l'impressione, quando lo rivedo il giorno dopo che m'ha fatto un prestito, che non si ricordi più dei soldi che m'ha dato. Forse non se ne ricorda più davvero. La sua stanza è una delle poche che non siano state distrutte: il cimelio più importante è una gran stufa barocca, di maiolica, che sta in un angolo, e di cui i manuali di storia dell'arte riferiscono, come fatto particolarmente curioso, che non è mai stata accesa, perché d'inverno l'Elettore risiedeva in un castello più piccolo. Serge mi porse un paio d'assegni circolari e una busta che conteneva danaro.

«Sono sessantadue marchi», disse, «e ottanta pfennige.

Per favore, versate gli assegni e il danaro sul nostro conto corrente. Il numero lo sapete?».

«Sì».

«Sono contento di sbarazzarmene. Per fortuna dopodomani torna Witsch, e posso consegnargli tutta questa roba».

Mi guardò coi suoi grandi occhi tranquilli e compresi che s'aspettava di sentirmi improvvisamente parlare del mio matrimonio. Con molta probabilità potrei avere da lui un buon consiglio; d'altro canto io sono per lui un caso, i cui segreti motivi lo interessano. Nel suo viso leggo molta bontà e intelligenza, e gli parlerei volentieri, ma non ci riesco proprio. Talvolta mi sembra che potrei parlare, o addirittura confessarmi con un prete lercio e bisunto, so anche che a nessun uomo si può addebitare a colpa il fatto che sia pulito, che ami la pulizia, e meno che mai potrei rinfacciarlo a Serge, di cui sento la bontà, eppure il candore immacolato del suo colletto, la precisione con cui l'orlo violaceo sporge dalla veste talare mi trattengono dall'aprirmi con lui.

Misi il danaro e gli assegni nella tasca interna del cappotto, alzai ancora una volta lo sguardo a quei suoi grandi occhi tranquilli, che parevano non abbandonarmi mai. Sentivo che mi voleva aiutare, che sapeva tutto, sapevo anche che di sua iniziativa non avrebbe mai cominciato a trattare quel tema. Sostenni il suo sguardo finché lui cominciò a sorridere pian piano, e io, tutt'a un tratto, gli domandai una cosa che già da tanti anni desideravo domandare a un sacerdote:

«Monsignore, voi credete che i morti risorgano?».

Osservai attentamente il suo viso bello e pulito, lo fissai immobile; lui non mutò espressione e rispose, pacato: «Sì».

«E credete...?», continuai. Ma lui m'interruppe, alzò la mano e disse con calma: «Credo tutto. Tutto quello che state per chiedermi. E mi toglierei immediatamente quest'abito, farei l'avvocato dei divorzi, abbandonerei questo monte di scartoffie», e accennava a un gran fascio di documenti sulla sua scrivania, «gli darei fuoco, perché allora sarebbe senza senso per me, senza senso anche per coloro che si tormentano perché credono alle stesse cose».

«Scusatemi», mormorai.

«E perché mai?», disse lui, piano. «Credo che abbiate più diritto voi di interrogare me di quanto non ne abbia io di interrogare voi».

«Non chiedetemi nulla», dissi.

«No. Ma un giorno parlerete, vero?».

«Sì», risposi. «Un giorno parlerò».

Ritirai il mio giornale dal portiere, ricontai davanti all'ingresso i soldi che avevo, e mi avviai passo passo in città. Pensavo a tante cose: ai bambini, a Käte, a ciò che mi aveva detto Serge, a ciò che mi aveva detto la signorina Hanke. Avevano tutti ragione, e io avevo torto; ma nessuno di loro sapeva, nemmeno Käte, quanta nostalgia avessi veramente dei bambini, anche di Käte, e c'erano momenti in cui credevo di aver ragione io, e che tutti gli altri avessero torto, perché sapevano parlar tutti quanti così bene, mentre io non trovavo mai le parole.

Pensai se potevo permettermi la spesa di un caffè, e leggere intanto il giornale. I rumori della strada non mi giungevano che velati, benché li attraversassi in pieno. Qualcuno decantava la qualità delle sue banane.

Mi fermai davanti alle vetrine di Bonneberg, guardai i cappotti di mezza stagione, le facce dei manichini, che m'incutono sempre un vago terrore. Contai gli assegni nella tasca interna del mio pastrano, mi assicurai di non aver perso la busta col danaro liquido, e improvvisamente il mio sguardo cadde sul passaggio che divide le vetrine di Bonneberg: scorsi una donna la cui vista mi toccò il cuore e al tempo stesso mi agitò. Era una non più giovane, ma bella, vedevo le sue gambe, la gonna verde, la consunta giacchetta bruna, vedevo il cappello verde, ma soprattutto il profilo mesto e soave, e per un attimo — non so quanto durò — il cuore cessò di battere. La vedevo attraverso due lastre di vetro, vedevo che stava guardando gli abiti esposti ma intanto pensava a qualcos'altro... sentii che il cuore tornava a battere, continuavo a guardare il profilo di quella donna, e a un tratto seppi che era Käte. Poi mi riapparve estranea, per qualche istante mi agitai nel dubbio, sentii montarmi il calore alla testa, e credetti d'impazzire, ma essa riprese la sua strada, io la seguii lentamente, e quando la vidi senza il diaframma dei vetri, seppi con assoluta certezza che era Käte.

Era lei, ma era diversa, tutta diversa da come la ricordavo. Mentre la seguivo lungo la strada, essa continuava ad apparirmi a un tempo estranea e conosciutissima; mia moglie, con la quale avevo trascorso tutta la notte precedente, con la quale sono sposato da quindici anni.

«Forse impazzisco davvero», pensai.

Sussultai quando Käte entrò in un negozio. Mi fermai accanto a un carretto di verdura, tenni d'occhio l'ingresso del negozio, e lontano lontano, dietro di me, quasi gridasse da un mondo sotterraneo, sentivo l'uomo che stava proprio al mio fianco: «Cavolfiori, cavolfiori, due per un marco».

Benché fosse assurdo, avevo paura che Käte non uscisse mai più dal negozio: tenevo d'occhio l'entrata, guardavo la faccia ghignante di un giavanese di cartapesta, che si teneva una tazza di caffè davanti ai bianchissimi denti, sentivo la voce del verduriere quasi proveniente da una profonda caverna: «Cavolfiori, cavolfiori, due per un marco», e pensavo a moltissime cose, non sapevo bene a che, e mi spaventai quando improvvisamente Käte uscì dal negozio. Essa entrò nella Grüne Strasse, il suo passo era veloce, e io mi agitavo quando, talvolta, la perdevo di vista per alcuni istanti, ma poi si fermò davanti alla vetrina di un negozio di giocattoli, e io potei contemplarla, vidi il suo profilo triste, la sua figura che per tanti anni, la notte, mi è giaciuta al fianco, che avevo ancora vista quattro ore prima e che ora non avevo riconosciuta.

Quando lei si voltò, io balzai in fretta dietro il banco di un imbonitore, di dove la potei osservare senza che lei mi vedesse. Lei guardò dentro la sua sporta, ne tirò fuori un biglietto, lo studiò, e intanto vicino a me l'uomo urlava:

«Ma se voi considerate, signori miei, che vi radete per cinquanta... cinquant'anni di seguito, e che di conseguenza la vostra pelle...».

Käte continuò per la sua strada, e io non sentii il resto. Seguii mia moglie, attraversai quaranta passi dopo di lei i binari del tram che convergono al Bildonerplatz. Käte si fermò davanti al banco di una fioraia, vidi le sue mani, la vidi distintamente, lei, cui mi univano più legami che a qualunque altra persona al mondo: con la quale non solo avevo dormito, mangiato, parlato per dieci anni di fila, senza interruzione... a lei mi legava qualcosa che unisce due creature più che il dormire insieme: c'era stato un tempo in cui avevamo pregato insieme.

Essa comprò grandi margherite bianche e gialle, e continuò a camminare, lentamente, molto lentamente, lei, che ancora un istante prima camminava così veloce, e io indovinai a che cosa stesse pensando. Essa suole ripetere, infatti: «Compro i fiori che crescono nei prati dove i nostri piccoli non hanno mai giocato».

Così ce ne andavamo l'uno dietro l'altra, pensando entrambi ai bambini, e io non avevo il coraggio di raggiungerla, di rivolgerle la parola. Sentivo a mala pena i rumori che mi circondavano: molto lontana, velata, mi tambureggiava nell'orecchio la voce di un annunciatore che diceva al microfono: «Attenzione, attenzione, corsa speciale della linea H per l'esposizione dei droghieri... attenzione, corsa speciale della linea H...».

Nuotavo al seguito di Käte come attraverso un'acqua grigia. Non potevo più contare i battiti del mio cuore, e mi spaventai un'altra volta quando Käte entrò nella chiesa del convento, e la porta nera imbottita di cuoio si chiuse alle sue spalle.

Solo a questo punto mi accorsi che stavo ancora fumando la sigaretta che mi ero accesa allorché, passando accanto al portiere, ero uscito dalla cancelleria: la gettai, aprii con cautela la porta della chiesa, sentii risuonare delle modulazioni d'organo, riattraversai la piazza, sedetti su una panchina e attesi.

Attesi a lungo, cercai di immaginare com'era andata, quella mattina, quando Käte era salita in autobus, ma non riuscivo a immaginare nulla, mi sentivo perduto, trascinato pigramente dal corso di un immenso fiume, e l'unica cosa che vedevo era la porta nera dalla quale doveva uscire Käte.

Quand'essa uscì davvero, stentai a convincermi che fosse lei: ora camminava più svelta, aveva posato i grandi fiori dal lungo gambo in cima alla sporta, e dovetti affrettarmi per tenere il passo con lei, mentre, riattraversato in fretta il Bildonerplatz, tornava a imboccare la Grüne Strasse: i fiori oscillavano al ritmo del suo passo, io mi sentivo le mani sudate, barcollavo leggermente, mentre il mio cuore era gonfio d'un pulsare doloroso.

Si fermò dinanzi alla vetrina di Bonneberg, io riuscii a infilarmi in fretta dentro il passaggio, e la vidi ferma in quello stesso punto dove dianzi mi trovavo io, vidi il suo dolce, triste profilo, notai come stesse osservando i cappotti di mezza stagione per uomo, e allorchè si apriva la gran porta a molla di Bonneberg sentivo di dentro la voce dell'altoparlante:

«Cappotti? Da Bonneberg. Cappelli? Da Bonneberg. Vestiti? Da Bonneberg. Vuoi un cappotto, una giacca, un cappello? Compra da Bonneberg: ti andrà a pennello».

Käte si voltò, attraversò la strada, si fermò davanti a un chioschetto di bibite. Vidi ancora le sue piccole mani, quando allungò sul banco alcune monete, prese il resto e se lo ficcò nella borsa: minimi gesti che ben conoscevo, che ora mi trafiggevano il cuore con acuti spasimi. Si versò nel bicchiere una bottiglietta di limonata, bevve, e di dentro il magazzino la voce strillava:

«Cappotti? Da Bonneberg. Cappelli? Da Bonneberg. Vestiti? Da Bonneberg. Vuoi un cappotto, una giacca, un cappello? Compra da Bonneberg: ti andrà a pennello».

Allontanò lentamente da sé la bottiglia e il bicchiere, prese i fiori nella destra, e la vidi andarsene un'altra volta, mia moglie, che avevo abbracciata innumerevoli volte, senza mai conoscerla. Andava quasi di corsa, sembrava inquieta, non faceva che voltarsi indietro, e io mi rincantucciavo, mi chinavo, sentivo una fitta al cuore quando il suo cappello scompariva per un attimo, e quand'essa si fermò, nella Gerstenstrasse, alla fermata del 12, io m'infilai lesto in una tavernaccia che si trovava lì di fronte.

«Acquavite», dissi sulla faccia tonda e rubizza dell'oste.

«Un bicchiere grande?».

«Sì», risposi, e vidi, là fuori, arrivare il 12 e Käte salirvi su.

«Alla salute», disse l'oste.

«Grazie», risposi, e buttai giù l'acquavite.

«Ancora uno, signore?». L'oste mi scrutò attentamente.

«No, grazie. Quanto fa?».

«Ottanta».

Gli diedi un marco, lui mi contò in mano, lentamente, continuando sempre a scrutarmi, due monete da dieci pfennige, e io me ne andai.

Lungo la Gerstenstrasse, attraverso il Moltkeplatz mi riavviai passo passo alla cancelleria, senza sapere che ci stavo tornando. Passai accanto al portiere, infilai il corridoio intonacato di bianco, oltrepassai i bassorilievi barocchi, bussai alla camera di Serge ed entrai quando di dentro non rispose nessuno.

Sedetti a lungo presso la scrivania di Serge, fissai il fascicolo di atti che v'era sopra, sentii squillare il telefono, lasciai che squillasse. Sentii ridere nel corridoio. Il telefono squillò di nuovo rumorosamente, ma non tornai alla realtà che quando Serge, alle mie spalle, disse:

«Sicché, Bogner, già di ritorno? Così presto?».

«Perché?», domandai senza voltarmi.

«Sì», disse lui ridendo. «Non sono nemmeno venti minuti». Ma poi mi si piantò davanti, mi guardò in faccia, e solo dalla sua fisionomia cominciai a capire quel che era successo: vidi ogni cosa, tornai del tutto in me, e dal suo viso capii che pensava anzitutto ai soldi. Pensava che fosse accaduto qualcosa coi soldi. Me ne accorsi, guardandolo.

«Bogner», disse a bassa voce, «siete ammalato o ubriaco?».

Cavai di tasca gli assegni, la busta col danaro liquido, gli porsi tutto quanto: lui lo prese e, senza guardarlo, lo posò sul suo scrittoio.

«Bogner, ditemi che cosa è accaduto».

«Nulla», risposi. «Non è accaduto nulla».

«Vi sentite male?».

«No... Penso a una cosa, mi è venuta un'idea». Rividi tutto dietro il viso pulito di Serge: vidi Käte, mia moglie, sentii qualcuno gridare: «Cappotti?», vidi di nuovo Käte, tutta la Grüne Strasse, vidi la sua consunta giacchetta bruna, sentii qualcuno annunciare una corsa speciale della linea H per l'esposizione dei droghieri, vidi la porta nera della chiesa, vidi gialle margherite dal gambo lungo, destinate alle tombe dei miei bambini, qualcuno gridò «Cavolfiori!»... rividi, riudii ogni cosa, vidi il profilo triste e soave di Käte attraverso il volto di Serge.

Quando lui se ne andò vidi, sul muro bianco sopra la stufa di maiolica che non era mai stata accesa, un giavanese di cartapesta, che teneva una tazza di caffè davanti alla candida dentatura.

«Una macchina», disse Serge al telefono. «Subito una macchina».

Poi rividi la sua faccia, mi sentii una moneta in mano, e abbassai gli occhi a guardarla: era un luccicante pezzo da cinque marchi. Serge disse: «Dovete andare a casa».

«Sì», mormorai, «a casa».

Indice

Finito di stampare
il 10 giugno 1988
dalla Garzanti Editore s.p.a.
Milano

66674